# Permanent Blue

# パーマネント・ブルー

橘ケンチ

Permanent Blue

Kenchi Tachibana

文藝春秋

# 目　次

装丁　川名潤

# パーマネント・ブルー

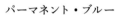

# プロローグ

この瞬間が永遠に続けばいい。

初めて訪れたこの場所で踊りながら、いつしか自分の中にそんな思いが生まれていた。

そもそもこんな展開になるとは思ってもみなかった。直前までは美味しい料理とお酒に酔いしれて、ただただだいい気分だったのに、鉄平《てっぺい》の勢いに引っ張られて踊り始めたら、想像以上の体験が俺たちを待ち受けていた。


上手くなりたい。ただその気持ちだけで練習を積み重ねてきた。

今日もいつもと同じ、そんな一日になると思っていた。

決して広くはない店内に、大好きな曲が大音量で響きわたっている。

耳はいいほうだが、今日は特に音の聴こえ方が繊細でクリアだ。鉄平以外は今日初めて会った人ばかり。緊張感はいい具合に俺の身体《からだ》を覚醒させる。

流れる音の感触を自分の肌感と照らし合わせながら、身体に同化させていく。滑らかな振動が肌を伝い、時折強い音が毛穴を叩《たた》く。その瞬間、腕先、足先からビートが体内に入り込んでくる。生温かい血液に音の成分が溶け込み、全身に一気に流れ始める。共鳴した筋肉が、否応なく俺を駆り立てる。

音に対して覆い被さるように、ダウンのリズムを取る。鋭く膝を上げ、力を抜いた腕でメロディを感じる。首でゆっくり音を受け留めると、ドレッドヘアがパラパラと揺れた。

いつもとは何かが違う。

なんだ？　何が違う？

力を込めなくても、身体がのびのびと動いてくれる。

めちゃくちゃ気持ちいいじゃん。

単なるダウン取りからステージを上げて、ステップを踏んでみる。

ほらやっぱり。いつもよりもつま先の効きがいい。動きにエッジが立っていて、音をシャープに捉えることができる。ステップの回転数をあげることで、空気すら切り裂けそうだった。

周囲からの好奇の目が徐々に温度をはらみ、熱視線へと変貌を遂げていくのがわかった。場の密度が高まるにつれ、身体にかかる圧力も上がってくる。体内の感覚と外からの圧がせめぎ合い、少しずつ身体が主張し始める。

いいぞ、すごくいい。このままもっといけるところまでいこう。

顔を上げると、天井から吊るされた、鹿の角を組み合わせたオブジェのような照明が揺れていた。ログハウスならではの解放感が、俺たちの距離を近づける。店内にいる全ての人と繫《つな》がっているような感覚が、俺の動きをさらに加速させた。

鉄平の叫び声がスローモーションのように俺の耳に届く。お前の言いたいことはよくわかるよ。俺も初めての経験だ。もう少しだけこのまま楽しませてくれ。


太ももがはち切れそうなぐらい、激しく身体を揺さぶる。スピーカーから流れる音が俺の身体を通って、ダンスという形に変換されていくのを感じる。

この感じを忘れたくないと思った。何度も何度も繰り返し、その過程で俺の表現は深く深く根を張っていく。

描けることがどんどん大きくなっていく。

店内のすみずみにまで自分の影響が及んでいることがわかる。特殊な能力を手に入れた気分だ。

きっと今夜はいい夜になる。いや……今日で何かが変わる。

俺の身体がそう叫んでいる。

# 第一章　出会い

そいつはある日、突然俺の前に現れた。

見たことのないド派手な蛍光イエローのTシャツに膝下まであるオーバーサイズのハーフパンツ。足元には23のロゴが光るバスケットシューズ。サッカークラブのジャージを着ている俺とは違って、明らかに異彩を放っていた。

同級生たちが周りを取り囲んでいる。小学校にアメリカの風が吹いた瞬間だった。

やつの名前は荒川裕太《あらかわゆうた》。親の転勤でアメリカに住み、3年ぶりに日本に帰ってきた。小学5年生の俺にとってアメリカは遥か遠い世界。俺が住んでいる横須賀《よこすか》には米軍基地があり、街中で外国人の姿を見かけることはあったが、その文化を意識的に感じるほど俺はませていなかった。

裕太は毎日違う洋服を着て、それに合わせたバスケットシューズを履いて教室に現れた。その度にクラスの話題は裕太で持ちきりになった。

「それ何の靴なの？」

何も知らない同級生が裕太に質問する。

「これはナイキのジョーダン5。NBAのマイケル・ジョーダンっていうバスケットボール選手のモデルの靴。『スラムダンク』で流川楓《るかわかえで》が履いてるやつと一緒」

少し離れた距離から聞き耳を立てていた俺は、初めて聞く言葉の羅列に途方もない無力感を覚えながらも、自分がこれまでに見たことも聞いたこともない世界の存在に興味を掻《か》き立てられていた。

「荒川！」

帰り道、ひとりで歩く裕太の後ろ姿を見つけ、俺は咄嗟《とっさ》に叫んでいた。

「家こっちなの？　一緒に帰ろうぜ」

「ああ、いいよ」

「家、何丁目？」

「5丁目」

「5丁目か。ウチは6丁目。5丁目のどの辺？」

「どの辺って言われても、あんまり昔の記憶がなくてさ、まだこの辺の地理がよくわかってないんだ」

「俺が教えてやるよ！　小学校があるのは4丁目で、他に西友っていうスーパーとアトラスっていう文房具屋があって、アトラスの前に置いてあるゲーム機でよくみんな遊んでる。アイス食べたくなったら、シマヤに行って横の広場で食べたりしてる。5丁目だと俺が行ってるピアノ教室があるな。そこから坂を降りると市営プールがあって、夏休みはみんなそこに集合する感じ。6丁目は、特に何もなくて、家ばっかり。あ、6丁目公園があるな。アスレチックがあって、公園のすぐ横はもう横浜市《よこはま》」

一気に街の説明をした俺に、裕太は少し驚いたような顔をしていた。

「あ、ごめん。こんなに急に説明してもわかんないよな」

途端に裕太の顔が綻《ほころ》んだ。

「お前、面白いな」

その言葉は、裕太の存在を強烈に意識しながらも、どこか憧《あこが》れのような気持ちを抱いていた俺に突き刺さった。

「教室にいるとずっと質問攻めでさ。みんな洋服とか、アメリカのことばっかり訊いてくるから、自分が質問できない感じなんだよ。久しぶりに帰ってきて、日本のこともっと知りたいのにさ」

「交換しよう！」

「え？」

「交換！　お互いの知ってることの交換！　俺が日本のこと教えるから、荒川は俺にアメリカのこと教えてくれよ」

裕太は少し戸惑った表情をしながらも、俺の目をしっかりと見つめて答えた。

「よろしく」

その晩はなかなか眠りにつけなかった。

新しいおもちゃを買ってもらった時よりも、はるかにワクワクする気持ちが溢《あふ》れてくる。明日が来るのが待ち遠しい。こんな気持ちになったのは初めてだ。

翌朝、俺はドキドキしながら裕太の家のインターホンを鳴らした。しばし待つと、玄関のドアが開いて裕太が出てきた。今日も見たことのない洋服を着ている。

「おす！」

「おはよう」

家の中から母親らしき女性の声がする。

「ユウ、友達とちゃんと仲良くするのよ」

閉まりかけたドアから声の主が顔を覗《のぞ》かせる。真っ赤な唇にソバージュヘア、裕太以上に派手な色使いのシャツを着ている。

「あなたが賢太《けんた》くん？　ユウと仲良くしてやってね。ちょっと生意気なとこあるけどいいやつだから」

「うるせーな、ユウって呼ぶなって言ってんだろ」

「なんでよー、いいじゃない。ねー賢太くん」

「馴《な》れ馴れしく呼ぶんじゃねーよ」

「おーこわこわ、反抗期って嫌だわ。気をつけて行ってらっしゃい」

裕太の母親はこちらの姿が見えなくなるまで笑顔で手を振っていた。

「元気なお母さんだね」

「鬱陶《うっとう》しいだけだよ。いつまでたっても子離れしないんだから」

裕太と母親の関係はアメリカに住んでいる時に構築されたのだろうか。ウチとは明らかに違う、言いたいことを言い合える友達のような親子関係が少し羨ましかった。

その日から俺と裕太は毎日行動を共にするようになった。クラスは違ったが、休み時間になる度に、ふたりでたわいもないことを話した。放課後は近所の公園のバスケットコートに繰り出し、暗くなるまでバスケットボールに明け暮れた。

「ＮＢＡはナショナル・バスケットボール・アソシエーションの略なんだよ。やっぱりマイケル・ジョーダンが圧倒的にすごい」

「ジョーダンって身長198センチあんの⁉ 俺より50センチもデカい」

裕太が持ってきたバスケ雑誌を見ながら、俺はバスケットボールに関する知識を日々吸収していった。


俺の名前は相馬《そうま》賢太。神奈川《かながわ》県横浜市でごく普通のサラリーマンの家庭に生まれた。父親は保険の営業マンで母親は専業主婦。俺が小学校に入学するタイミングで、念願のマイホームを購入することになり、横須賀市へ引っ越した。

新たな土地で誰も友達がいなかったので、両親の勧めもあり、何人かのクラスメイトが所属している地域のサッカークラブに通うことになった。初めて経験するサッカーは遊びとしては楽しいものだったが、コーチから教え込まれるチームの戦術を全く理解することができず、試合中のプレイについても後から「あれは違う、こう動くべきだった」と怒られ、俺は徐々に窮屈さを感じるようになっていった。

サッカーはチームプレイが推奨され、それは普段からのチームメイト同士のコミュニケーションも大事な要因であることを意味する。小学校から横須賀に移り住んだ俺は、幼稚園から同じ環境で過ごしてきたメンバーのコミュニティにうまく溶け込むことができず、仲間としての信頼を得ることができていなかったせいか、試合ではなかなかボールが回ってこなかった。活躍していいところを見せれば、みんな自分のことを仲間として認めてくれるかもしれない。そんな思いから、試合中に個人プレイが目立つようになり、それが原因でチームメイトとの関係もより一層ギクシャクして、ある時期から、俺はチームの練習に行かなくなった。

裕太が現れたのがそんなタイミングだったこともあってか、俺の興味は自然と、サッカーからバスケットボールへと移っていった。

徐々に公園で一緒にバスケをする仲間も増えていき、そのなかのひとりがケビンだった。両親が横須賀の米軍基地で働いているそうで、同い年と聞いていたが、身長は俺や裕太よりもだいぶ高かった。でも、体型はぽっちゃり気味で、いつもガムを嚙みながら、ゲータレードを飲んでいた。

裕太がある日、

「Are you a Gatorade person? Us too!!（おまえもゲータレード派か。俺たちもだよ）」

と話しかけると、ケビンはご機嫌で答えた。

「Yup, no doubt 'cause Michael drinks it as well.（もちろん。ジョーダンが飲んでるからな）」

ゲータレードのCMにはマイケル・ジョーダンが出演していた。ゲータレードを飲めば、ジョーダンのようにバスケットボールがうまくなれる気がして、俺と裕太は愛飲していたのだが、アメリカ人のキッズも感覚は同じらしい。俺たちはまたたくまに打ち解け、以降、ケビンとその友人たちと公園で顔を合わせるたび、みんなで一緒にバスケットボールをするようになった。

そんな時、裕太はいつも流暢な英語でやりとりをしていた。

「Hey, Kevin, you good?（よう、ケビン。元気？）」

「Yeah, I'm good. You?（ああ、元気だよ。調子どう？）」

「I'm fine. Did you see the Bulls game yesterday?（いい感じ。昨日のブルズの試合見た？）」

「Yeah, I saw that!! Jordan's buzzer beater was miraculous! Down by two, with six seconds left. Double-teamed but Jordan receives the pass and gets through the defense, and sinks the game-winning three!（見た見た!! ジョーダンのブザービーターやばかった！ 試合終了まで残り6秒、相手との点差は2点ビハインド。パスを受けたジョーダンがダブルチームで向かってくる相手のディフェンスを振り切って、3ポイントシュート！）」

昨日の試合を自ら再現しながら、持っていたボールをリングに向けてシュートするケビン。放たれたボールは綺麗な放物線を描き、リングに全く触れることなく気持ちよくネットを揺らした。

「YEAHHHHH!!!!」

英語でやりとりをしながら、笑顔でハイタッチをするケビンと裕太。俺はその光景を羨望の眼差しで見つめていた。ケビンは一見、スポーツ万能なタイプには全く見えないのだが、ボール捌《さば》きと、動きのキレは裕太を凌駕するレベルだった。

「Ken, you're always going straight towards the defense. You should learn how to feint. Like this, you go on one side, then step back, make some space, and then shoot. Or change of pace, act like you're going slow but then go really fast. You can even feint with just your eyes and fool the defender.（ケン、お前はいつも真っ直ぐ突っ込みすぎだ。フェイントを覚えたほうがいい。こうやって行くと見せかけて、引いて、相手との距離を作ってシュート。あるいは逆に、ゆっくり動いてるところから急にギアを入れて相手を抜き去る。目の動きだけでもフェイントできるぜ）」

「Ah, okay!!（オッケーオッケー!!）」

ケビンはいつも真剣にバスケットボールの技術や考え方を教えてくれた。俺は英語がわからないので、ケビンの目を見つめて、相槌《あいづち》を打ちながら、その意図を感じ取ろうと努めた。裕太は常に通訳をしてくれるわけではなかったが、ケビンが話した中で、大事なことだけは後から俺に教えてくれた。

サッカークラブでは、選手とコーチの絶対的な関係があり、選手はチームから指定されたユニフォームとジャージを着用して試合や練習に臨む。大きな試合ともなると、保護者も見学に訪れ、チーム内の緊張感はいやが上にも高まる。ただ、その雰囲気は俺にとってはあまり好ましいものではなかった。

裕太、ケビンから教えてもらったバスケットボールにはコーチもいないし、決まったユニフォームがあるわけでもない。自分がカッコいいと思う服装でコートに集まり、誰かがゲームをしようと言えばゲームが始まり、そうでなければ何時間でもみなで座り込み、だべっていることもあった。ラジカセからアメリカの音楽が流れ、入れ替わり立ち代わり様々な見た目の子供たちが参加する。怒る人間もいない。いいプレイが出たらみんなで讃《たた》え合い、失敗しても笑って水に流す。個人のキャラクターが重視され、行動を縛るルールは何もない。そんな自由で、開放的な価値観が、ストリートバスケには溢れていた。

1991年4月、横須賀の中心部にショッパーズプラザ横須賀という新しいショッピングモールがオープンした。米軍基地のすぐ横の、港湾沿いにオープンしたそのモールは、開店直後から話題となり、連日大賑わいだった。エントランスをくぐると、吹き抜けのある大階段に迎えられ、階段を駆け上がると、テーマパークのような楽しい色使いの売り場が広がっていた。客層は日本人よりも外国人が多く、そうなることを意識して造られたのか、建物のデザインや内装、商品構成まで、これまでの日本のデパートとは一線を画した、明らかにアメリカの文化を強く意識したモールになっていた。

その頃公開されていた映画『ターミネーター2』でエドワード・ファーロング演じる主人公

のジョン・コナーが友達とバイクにまたがりゲームセンターへと向かい、そこで敵から追いかけられるシーンがあるが、まさにそのゲームセンターのような場所がショッパーズプラザにあった。当時のアメリカのティーン世代のリアルな雰囲気を味わえる気がして、俺と裕太はそこに入り浸っていた。

ショッパーズプラザの目と鼻の先にあるどぶ板通りにはもともとバーやビリヤード場、洋服屋が立ち並び、すみずみまでアメリカの雰囲気が漂っていた。基地に駐留しているアメリカ軍人、その家族が行き交い、日本であることを忘れてしまうような魅力的なエリアだったが、そういった場所には悪い噂が立つことも多く、俺も両親からあまり近づくなと言われていた。だが、すぐ近くにショッパーズプラザができたことにより、どぶ板通りも徐々に観光地化していき、俺たちのような子供でも気軽に遊びに行くことができるエリアへと変化していった。

同時に俺の中でも、バスケットボールと出会いストリートの感覚を学び、横須賀の街で思う存分遊びながら、アメリカへの思いは日増しに強くなっていった。いつかアメリカに行ってみたい、高校から留学するのもアリかも。夢はどんどん膨らんでいく。そんな俺が後にダンスにハマったのは、偶然ではなく必然だったのかもしれない。

ストリートバスケに夢中になった小学校時代を経て、俺は中学校へと上がった。裕太は親の仕事の都合で中学校に上がる直前にまたアメリカに戻ってしまった。自分にとって憧れであり、勝手にライバルだと思っていた存在が目の前から消えることで、大きな喪失感があったが、幸いあまり引きずるようなタイプではないので、中学入学後、俺は意気揚々とバスケ部の門を叩いた。裕太とケビンから毎日教え込まれたおかげで、自分で言うのもなんだが、技術的にも雰囲気的にも一端《いっぱし》のバスケ少年になっていたので、中学バスケ部でもすぐに活躍できるだろうと高を括《くく》っていた俺はすぐさま中学バスケ部とストリートバスケの違いにぶち当たった。学校指定のジャージとユニフォーム、先輩後輩の厳しい上下関係。サッカークラブ時代の苦い経験が蘇《よみがえ》ってきた。俺は自由に楽しくプレイしたいだけなのに、それを許してくれる雰囲気は皆無だった。練習中の意見の食い違いから俺はつい先輩にタメ口をきき、キツいお仕置きをいただいた後、バスケ部をやめることになった。

そんな暗黒の中学時代を経て、高校ではテニス部に入った。サッカーとバスケが選択肢から消えたいま、残された球技は野球？　いや、高校から野球を始めるなんてあり得ない！　甲子園が合言葉のいがぐり坊主たちに絶対コケにされるだろう。じゃあラグビー？　いや、そっちタイプじゃないでしょ俺！　しかもモテなさそうだし。じゃあテニス？　うーん、なんかあんまパッとしないけど、ゆるそうだしいっか。女子もいるし。なんていうスポーツマンシップの風上にも置けないチョイスの仕方でテニス部に入部したものの、俺はテニスの奥深さにどっぷりとハマることになる。

テニスにはストリートバスケが持つファッション性のようなものはそこまで感じなかったが、ネット越しの相手と直径7センチ程度のボールを弾き飛ばしながら、プライドをかけて勝負する時間は、スポーツの意義を存分に感じられるものだった。

トップスピン、スライスなどボールの回転方向によって、コートの上でのボールの跳ね方が変わると知り、その習得に夢中になった。テレビで目にするプロテニスプレイヤーに憧れ、真似して打球の速さにこだわると、老獪《ろうかい》なおじさんプレイヤーに簡単にあしらわれ、最後は自滅して身の程を思い知らされる。

それでも、シングルス戦だと全てが自分の判断にかかってくるので、チーム競技で居心地の悪さを経験してきた自分にとっては、またとない自己実現の場であったし、個人競技という誰にも邪魔されない時間を手に入れた喜びは、ストリートバスケと出会った時のそれ以上だったかもしれない。

テニス漬けの高校生活も3年生になると、部活は引退。皆が受験勉強モードへと切り替わっていった。そんな中、秋に行われる体育祭はあらゆる3年生にとって最後の見せ場となる舞台だった。部活を引退した後、自分の中に行き場のない熱が燻《くすぶ》っているのを感じていた俺は応援団に入り、自分たちのカラーを全力で応援すると決めた。

「応援合戦のテーマ、どうする?」

練習中に団長役の同級生が言った。体育祭中に各応援団が各々5分の持ち時間を与えられ、応援合戦を披露する時間があるのだ。

「空手っぽい型とかは?」

「みんなで、でっかい旗を持ってフラッグショー」

「全員で女装してアイドルやったらウケるんじゃない?」

それぞれが思い思いのアイデアを出していく。

「ダンスやるのはどう?」

「おー、ダンスね」

「それもいいね」

「でもダンスっていってもいろいろあるだろ」

「駅前のレンタルビデオ屋行ったら、ダンス系のビデオなんかもあるんじゃない?」

「そうだな。行ってみるか」

こんな話の流れで、放課後、レンタルビデオ屋を物色し、何本かのビデオを手に入れ、視聴覚室でさっそく上映会が始まった。

その中の一つに、俺の目は釘付けになった。

「元《げん》テレ」のニックネームでお馴染《なじ》みの「天才・たけしの元気が出るテレビ!!」の中の大人気企画「ダンス甲子園」。数々の実力派ダンサーが登場する中で、日本人離れした身体能力とダンススキルでムーブメントを巻き起こしていたL.L.BROTHERSという兄弟ユニット。彼らの存在感は他のグループとは明らかに違った。全身で音楽を的確に捉え、踊りの中にグルーヴ感を持たせて、ノリをダイナミックに表現している。ビジュアルも強烈で、赤と黒の大胆な色使いの肩パッド入りのジャケットにサルエルパンツ、髪型はボックスヘア。そのスタイルは、当時アメリカで一世を風靡《ふうび》していたMC HAMMERと瓜二つだった。

俺の脳裏に、裕太と初めて出会った時の記憶がフラッシュバックした。目の前の存在に対して、純粋にカッコいいと心がときめく感覚。自分の中にはない、新しい世界を知っている人に対する憧れ。これればかりは理屈ではなく、本能的、つまり動物的感覚によるものだと思う。日本人でこんな人たちがいるなんて。俺の中の憧れ指数はどんどん高まっていった。

体育祭の応援合戦は、本格的なダンスというよりは観客も一緒になって楽しんで踊れるものにしようということになり、出来上がった内容は少しギャグの要素を入れたダンスになったが、このことをきっかけに俺のダンスに対する興味は加速していった。

一年間の浪人生活を経て、1999年4月、俺は大学に入学した。ダンスと出会ってからは、夜な夜な部屋の窓に自分の姿を映し、L.L.BROTHERSのレクチャービデオの真似をして練習を繰り返していた。大学生になったら思いっきりダンスをすると決めていたので、待ち望んだ入学式が終わるとすぐに、新入生を勧誘するサークルの中にダンスサークルがないか探した。テニスサークルや得体の知れないイベントサークルなど、とりあえずここに名前書いてよという誘いを断り続けながらダンスの文字を探したが、結局見つからなかった。

しかし大学生活が始まり、同じクラスの友達と学食で昼食を食べている時、横の席にオーバーサイズのチェックシャツにカーキ色のハーフパンツを穿いた男が座った。イヤホンで音楽を聴きながら、リズムを取るたびにツイストヘアが揺れている。

この人は絶対にダンサーだ。

直感的にそう思った俺は、その男の跡をつけることにした。

ダンサーと思われる男が昼食を食べ終え席を立つと、俺は友達に別れを告げ、興奮しながら後を追った。どこか踊っている場所にたどり着くかもしれない。

学食を出て、キャンパス内のメインの並木道をその男の後を追って歩く。行き交う人たちは楽しげに会話しながら、キャンパスライフを謳歌しているように見える。だが、いまの俺にそんな暇はない。とにかくこのダンサーふうの男の行き先を突き止めなければという強い使命感と、探偵気分のドキドキが俺の背中を押している。

男は相変わらずイヤホンで音楽を聴き、軽くリズムを取りながら俺の前を歩いている。キャンパスの一番端まで来ると、大きな体育館が見えた。男はその中に入っていく。入り口に近づくと、音楽が流れていることに気がついた。はやる気持ちを抑えながら体育館の中を覗き込むと、10人ほどの人間が音楽に合わせて踊っている。これまで自分ひとりで練習していた俺にとって、ダンサーが集まっている空間は待ち望んでいたものだった。ずっと欲しかったものが目の前にある。ショーウィンドウに飾ってあるおもちゃを眺めるかのように、俺は目の前の光景に見入った。

「入部希望？」

急に声をかけられ、横を向くと、さっきのツイストヘアの男が立っていた。

「あ、はい！　というか、ここってダンスサークルですか？」

「そう、Z-ROCK《ズィーロック》っていうダンスサークル。良かったら見ていってよ」

「いいんですか！　ありがとうございます。見学させてください」

靴を下駄箱に入れて、靴下で体育館の中に入っていく。ダンサーと呼ばれる人種との初めての接触に俺の心は躍った。

「ヤスさん、この子が見学したいって」

ツイストヘアの男が、リーダー格らしき男に声をかけた。

「いいよ、大歓迎！　ダンスはやったことあるの？」

「あ、はい。でもホントにちょっとだけです。ビデオ見て真似して練習してたぐらいで」

「ジャンルは？」

「ヒップホップです」

「ウチはロッキンとブレイキンだけど大丈夫？」

「はい、大丈夫です！　よろしくお願いします」

自分が経験したことのないジャンルだったが、好奇心が勝った。

しばらく見学させてもらったあと、せっかくだから少しやってみる？　ということになり、ロッキンとブレイキンの基礎を教わることになった。これまでずっと自己流でやってきたので、人から教わるのは初めての体験だった。

「俺はタキって言います。よろしく」

ツイストヘアの男が俺の教育係を務めてくれるようだ。

「よろしくお願いします」

「アップとダウンはわかる？」

さっそくタキさんが訊いてくる。ダンスにはアップとダウンと呼ばれる基本動作があり、どちらも膝を曲げ伸ばしして身体を上下に動かしながらリズムを取るのだが、その際、膝を伸ばして上で取ることを「アップ」、膝を曲げて下で取ることを「ダウン」という。俺もそのことは知っていた。

「はい、わかります」

「じゃあ、ちょっとやってみて」

毎晩部屋の窓の前で練習していた成果をついに見せる時が来たと、俺の胸は震えた。さっそく上半身を前に倒し、膝と胸がつくぐらい大きくダウンをしながら音を取った。こめかみのあたりにタキさんの視線を感じる。どうだ、俺の渾身《こんしん》のダウンは。

「ああ、いいね。動きもデカくて。ただ、もうちょい丁寧さが欲しいかな。正確に音を取って、こんな感じ。で、慣れてきたら手も自由につけてみて」

と言いながら、俺の前で踊るタキさんの動きに俺は釘付けになった。動きの滑らかさと正確さ、音にピタリと合うダウンのリズム。この人めちゃくちゃ上手い。俺より身長はだいぶ低いので、動きはそこまで大きくないが、絶妙なバランス感の中にスキルの高さを感じる。

「基礎はできてそうだから、今日はロッキンとブレイキンの基本的な動きからやろうか。ロッキンの『ポイント』と『トゥエル』、ブレイキンはまず『四歩《よんぽ》』からね」

初めて聞く言葉だ。タキさんのお手本をじっと見つめて、まずは真似をしてみる。「ポイント」は自分の斜め前に向かって左右交互にキレ良く指をさすこと。「トゥエル」は手の中に軽く卵を握るぐらいの状態で、自分の後ろの人に軽く裏拳《うらけん》を当てるイメージから、その反動で手首を回して腰まで落とすこと。この時に絞っていた脇を、肘を張るのと同時に開きながら、少し前傾姿勢になって身体をロックする。この一連の動きを4カウントの中に落とし込み、あとは繰り返しひたすら練習する。

ポイントをする時に意識的にビタッと止めるように指さしをすると、力が入ってしまい、うまく決まらない。あらかじめポイントする場所を想定し、そこに向けて、力をうまく抜きながら、スッと置く感じで動かす。こうすると、しっかりとポイントが決まって見える。クラブで気に入った女の子を指差して、その子に向かって踊る感じ。タキさんが実際にデモンストレーションをしながら教えてくれる。『四歩』は別のダンサーの人が教えてくれた。それぞれ得意分野が違うようだ。四歩は見た目以上にめちゃくちゃハードなステップだった。両手両足を地面につけて、腰と背中の位置が水平になるぐらいまで重心を落とす。手と足を交互に動かしながら、頭を中心にして足がその周りで大きく円を描くように動かしていく。しかもただ動かすだけではなく、音に合わせながら滑らかにステップを踏んでいくのがとんでもなく難しい。体力には自信があったが、慣れない体勢の中で求められる素早い動きの連続に、気づくと顎《あご》から汗が滴《したた》っていた。

その日の帰り道は音楽を聴きながら、教わったことをひたすら頭の中で繰り返した。家に帰って急いで自分の部屋に入り、窓の前でポイント、トゥエル、ロックの流れを練習した。タキさんに教えてもらっている時は、タキさんを含め何人かと一緒に踊っていたので、わりと踊れるように感じていたのだが、いざひとりでやって現実を直視すると、全然ダメだ。認めたくないが、明らかにダサい。タキさんのようにはなかなか決まらない。だが、これまでひとりだけで練習をしていた経験に加えて、先輩から教わるという新たな経験が自分の中のダンス熱をどんどん上昇させているのがはっきりわかった。

　サッカーに関して言うと、特に手取り足取り教わった感覚はない。周りからテクニックを盗んで、それを試合で活《い》かせたら褒められるし、活かせなければ怒られる。明暗がはっきりと分かれる勝負の世界では当然のことなのかもしれないが、俺が求める楽しさはそこにはなかった。

　ストリートバスケは違った。仲間同士で教え合い、新しく生まれたプレイを讃える懐の深さと、自由さがあった。競技としてのスポーツとストリート文化を比べた時の好き嫌いは人によってもちろんあると思うが、俺の興味は断然ストリートへと傾倒していた。ストリートバスケにハマったことがそのことを証明している。ただ、テニスのような個人競技とも相性が良かった俺にとって、ダンスは競技スポーツとストリート文化のいいとこ取りだったのかもしれない。タキさんからダンスを教わる時間は、新しい扉がどんどん開いていく感じがして、とても楽しい時間だった。

　だが、数週間経った頃から自分の中の欲求がＺ－ＲＯＣＫの中では収まりきらなくなっていることに俺は気づいた。

そんなある日、家の最寄り駅で久しぶりに同級生に再会した。

「ミッチー久々！　元気？」

「おう、賢太。大学受かったんだって？」

「やっと受かったよ。浪人の一年間は長かったわ。ミッチーはすんなりいけていいよな」

「推薦取れるように準備してたからね。だから、俺は高校生の時が大変だった」

ミッチーは同じ高校の同級生で、部活も俺と同じテニス部に所属していた。テニス部の部長を務めながら、成績も優秀。結果、推薦入試に受かり、俺よりも一年早く大学生になっていた。

「ミッチー、最近何やってんの？」

「いま大学でダンスやっててさ」

「え？　ダンス？」

「そう、高校3年の体育祭でダンスやったじゃん？　あれからダンスがすげー気になっててさ、大学入ってダンスサークルに入ったんだよ」

「マジか！　俺もいまダンスやってんだよ！　すげー奇遇だな」

「本当!?　テニスからのダンスって、俺ら流れが全く一緒だな」

「ジャンルは？」

「俺はヒップホップやってる。サークルの先輩ですげー上手い人がいてさ、その人に教えてもらったり、あとはスクールに通ってる」

「スクール？　ダンスのスクールがあんの？」

「あるよ。自分が好きなダンサーがスクールやってたら、そこに行くのが一番手っ取り早く上手くなる方法だと思うよ」

「そうなんだ。ミッチーはどこのスクール行ってんの？」

「俺はＴＯＮＹ《トニー》さんっていう人のところに行ってる。日本のヒップホップダンスシーンで間違いなく一番かっこいい人だよ」

「ＴＯＮＹさんて外国人？」

「いや、日本人だよ。ダンサーネームがＴＯＮＹっていうらしい」

よく見ると、ミッチーは大きなバックパックを背負い、ゆったりとしたシルエットのパンツに、足元はＴｉｍｂｅｒｌａｎｄのブーツを履いて、明らかにダンサーライクな格好をしている。

こんなにも身近にダンスをやっているやつがいたなんて。実力は未知数だが、繋がりを聞くと、かなり本物感がある。張り合いたくなる気持ちを抑えて、俺はミッチーに懇願した。

「俺も行きたい！　ミッチーが行く時俺も行く！」

「ああ、いいよ。毎週木曜の20時半から、場所は池尻大橋《いけじりおおはし》。今日が火曜だから、明後日だな。明後日から来る？」

「行く！」

良いと思ったことには勢いとノリだけですぐに飛び込む。自分のことを簡単に説明すると、そんな人間だ。ミッチーがダンスをやっていると聞いてから、ダンススクールを紹介してもらうまでおよそ5分。話は早いほうがいい。

2日後、池尻大橋の駅前でミッチーと待ち合わせをした。

「着替えと靴しか持ってきてないけど大丈夫かな？」

「めちゃくちゃ汗かくから、下手したらTシャツ2枚あったほうがいいかも」

「そんなに⁉　どんだけ踊るの？」

「その日のレッスン内容によるけど、俺はいつも最初の基礎練で汗だくになって、一枚着替えてる」

ミッチーがエレベーターで9階を押す。表示階数が上がるごとに、心臓の鼓動が速くなる。9階で扉が開いた途端、大音量の音楽が耳に飛び込んできた。先ほどまでの都会の喧騒をかき消すレベルの音量だ。目の前の廊下を音の出どころへ向かって歩く。床に座り込んでいるダンサーらしき男から強い視線を感じる。怯《ひる》むな。最初が肝心だぞ。

「その先にトイレがあるからそこで着替えるといいよ」

ミッチーに促され、着替えを済ませた俺はスタジオの入り口に立った。

目の前に広がっていた光景を俺は一生忘れないだろう。

スタジオ内には20人ほどの人間がいた。音楽に合わせてそれぞれ思い思いに身体を動かしている。突如、5、6人がアイコンタクトをしながら揃って踊り始めた。周りも一斉にその光景を見つめる。軽やかさと激しさが同居したステップだった。音に合わせて、背中と頭を連動させて揺さぶり、踊りのノリを生み出している。全員見た目もサイズ感も全く違うのに、音楽と踊りで共鳴し合っている感じ。時間にしたらおそらく30秒程度だったかもしれないが、俺の心は鷲掴《わしづか》みにされた。

一点見つめに入っている俺に気づいたミッチーが言った。

「カッコいいよな。あの人たちがTONYスクールの中心メンバーだよ。俺も早くあのレベルまでいきたいんだけど、まだまだだわ。いま踊ってたのが先週やってた振り」

「これだ」

「え？」

「これだよ！　絶対これだ！　うわー、マジでやばい」

「どうした賢太？」

「これだよ！　ミッチーやばいってこれ！　マジありがとう！」

いまだかつて感じたことのない衝撃を受けて、語彙《ごい》力を完全に失った俺はミッチーに向かってひたすらやばいを連呼していた。

「これってヒップホップだよな？」

「そうだね。その中でもニュースクールって言われてる」

「めちゃくちゃかっこいいじゃん。何だよこれ」

その時、ひとりの男性がスタジオに入ってきた。白いデニムのセットアップに白いキャップを被り、チュッパチャプスらしき棒付きの飴のようなものを舐《な》めながら、流れる音楽に身体を揺らし、スタジオの奥のアンプの前に座った。

「あれがＴＯＮＹさんだ」

ミッチーが俺に耳打ちする。

勝手に厳《いか》つい色黒の男性だと想像していたので、目の前にいる色白で優しい顔つきのＴＯＮＹさんを見て驚いた。中心メンバーたちと談笑した後、ＴＯＮＹさんがスタジオの鏡の前へと歩み出た。２回大きく手を叩くと、途端に音楽のボリュームが上がり、ＴＯＮＹさんがステップを踏み始めると、スクール内の全意識がＴＯＮＹさんに注がれる。最初は簡単なリズム取りから、徐々に複雑なステップへと移行していく。周りを見渡すと、みんな信じられないぐらいしっかりとTONYさんの動きについていく。最後尾からは、揺れる人並みの隙間にかろうじてTONYさんの姿が認識できるぐらいだった。目を凝《こ》らしながら、たどたどしく踊る俺が、間違いなくここでは一番の格下だ。踵《かかと》をもっとあげろとしきりに注意するTONYさんをよく見ると、確かに踵が地面につく瞬間が全くない。ずっとつま先立ちの状態で、音を16ビートで取りながら魔法のように不思議な動きを繰り返す。音の取り方もオンカウントではなく、常にエンカウント主導なのも、俺にとってはかなり新鮮だった。

「サンキュー、Tシャツ洗って返すね。ところで、今日やったあのステップどういうニュアンスでやってんの？　こう？」

帰りの駅のホームで、その日習ったステップをミッチーに訊きながら、その日のレッスン内容を復習した。ミッチーの予言通り、着替えのTシャツは一枚では足りず、多めに持ってきていたミッチーのTシャツを借りる羽目になった。

「賢太、初めてのわりにめっちゃ頑張ってついてきてたな。俺は最初全然ついていけなかった。慣れるまで半年ぐらいかかったよ」

「いや、初めてづくしで俺もやばかったよ！　ついていくのにとにかく必死だったけど、でもめちゃくちゃ楽しかった。早く一番前で踊れるようになりたいなー」

ひとりでの地道な練習から、Z－ROCKを経て、運良く同級生の紹介で日本トップクラスのダンススクールに出会った。心躍る新しいことに出会えた喜びは尽きることなく湧き上がり、自分の中の欲求という名の獣《けもの》の格好の餌食《えじき》となっているのがわかった。この勢いは止まらない、俺はそう予感していた。

その日を境に、Z－ROCKからはすっかり足が遠ざかり、俺の生活スタイルはTONYスクールを中心に回り始めた。習った内容を1週間で練習して次のレッスンに臨み、新しいことを教わってまた練習、その繰り返しだ。少しずつできることが増えていく感覚がたまらなく嬉しかった。

3ヶ月程経ったある日、突如ダンスのショウタイムに出ないか？　という話が舞い込んだ。友達のDJが主催するイベントで目玉としてダンスのショウを入れたいということで、最近ダンスづいている俺に話が来たのだ。俺はすぐにミッチーに連絡をして、一緒に出ようと誘った。ミッチーは興味を示しながらも、メンバー構成に関して不安があるようだった。決まっているのは俺とミッチーのふたりのみ。他のメンバーをどうするか。ふたりで出るという選択肢もあったが、ふたりともそこまでの自信はなかった。結局、高校の時の仲の良いメンバーに声をかけることにした。みんなダンスは未経験だったが、本番日まで2ヶ月あまり、ふたりで教えればなんとかなるだろうという考えのもと、6人のメンバーが集まった。

「本番いつなんだっけ？」

「9月中旬だから、あと2ヶ月弱だな」

「俺たち全くやったことないけど、大丈夫なの？」

「大丈夫！　俺とミッチーで教えるから。な、ミッチー」

「あ、うん」

不安な表情を隠しきれていないミッチーを遮って言う。

「よし、じゃあさっそくやろう！　まずはアップとダウンから」

まずはこいつらをその気にさせないと。メンバーの中には高校3年生の時の体育祭で一緒に踊ったやつもいて、久しぶりに高校生気分を味わいながら、和気藹々《わきあいあい》と練習は進んだ。ダンスの振りはミッチーとふたりで考えて、会場を盛り上げるような面白いアイデアも盛り込みながら、なんとかショウタイムデビュー作が完成した。

そして、ついに迎えたイベント当日。

会場となる場所は東銀座のMillion Wallという100人入ったらいっぱいになってしまうぐらいの小さなクラブだった。来ている客も知り合いが多く、身内ノリの強いイベントだった。

「本番前に乾杯しようぜ！」

メンバーのツヨシがハイネケンを人数分持って現れた。

「お、いいね。飲も飲も」

「俺はいいや。本番前に酒はちょっと」

差し出されたハイネケンを拒否するミッチーに、周りから容赦なくツッコミが入る。

「ノリわりーな、ミッチー」

「一杯ぐらいいいじゃん」

ミッチーと他のメンバーのダンスに対する思いは明らかに違う。スクールに通って、しっかりダンスと向き合っているミッチーと、学生ノリでみんなで楽しくやればいいじゃん的な考えのメンバーとで、温度感に差があるのは練習段階からわかっていた。あまり強く言い過ぎると、めんどくさくなって辞めると言いかねないやつらだったので、俺もそこまでは求めなかった。ミッチーはひとりで黙々と練習するシーンが多く、おそらく当初からその温度差を人一倍強く感じていたのだろう。初めてのショウタイムで俺もしっかりやりたい気持ちはあったが、ここで拒否するとチームの雰囲気が悪くなるし、何より自分自身がめちゃくちゃ緊張していることもあり、俺はツヨシから受け取ったハイネケンを勢いよく流し込んで、人生初のステージに上がった。

普段は目の前に鏡があって、自分の姿を逐一チェックしながら踊っているが、いま目の前にあるのは、期待に満ちた目、何となく見ている目、早く終われという目、会場にいる全ての客の感情が矢となり、自分たちに向けて弓を引いているかのような光景だった。

足がすくみ、地面にピタリと張りついて動かない。

練習してきた振りが頭の中をぐるぐるとまわる。どっちの足からだっけ？　右？　左？　DJからの紹介とともに、ショウタイムの音源がクラブ内に響きわたる。ヤバい。途端に脳内にアルコールが染み渡る感覚と共に、はっきりとしていた頭の中の映像が徐々にぼやける。俺がみんなを引っ張らなければ。重く感じる身体に鞭《むち》を打ち、筋肉を必死に動かして、うっすらとした記憶をたどりながら振りを踊る。次はなんだっけ。あとどのぐらい続くんだ。先が見えない漆黒の暗闇の中を細いロープの上で綱渡りをしているような感覚が永遠に続く。

気づくと、目の前の観客から拍手が起こっていた。

終わった？

他のメンバーに肩を組まれてステージを降りる。

「お疲れー！」

見に来ていた友達がメンバーの周りを囲み、一気に打ち上げムードになった。

「かっこよかったよ」

「あんなに踊れるの知らなかったからビックリした」

様々な感想が耳元で乱れ飛ぶ。その度に、客観的な感想と自分の実感のなさに居心地が悪くなり、俺はその場を離れた。盛り上がる集団と少し距離を置いて、ミッチーが何かを見ている。

「何見てんの？」

「おう賢太、お疲れ。友達に今日の映像撮ってもらってた」

ミッチーの手元を覗き込むと、ビデオカメラの小さな液晶画面に自分の姿が映っている。

「マジ!? 見たい！」

祈るような気持ちで最初から映像を見る。

画面に映る自分の姿は想像していた姿とかけ離れていた。なんだこのダサいやつは。強烈な後悔と反省が襲ってくる。ＴＯＮＹスクールでも俺はこんな感じで見られてるってことか？猛烈に恥ずかしくなって、俺はその場から消えてしまいたくなった。

「賢太、初めてのショウタイムにしては普通に踊れてるよな」

「本当!? 大丈夫、俺？」

暗く冷たい深海の底に沈んでいる俺の元に、ミッチーが救いの糸を垂らしてくれているような感覚だった。

「初めての時って絶対反省ばかりだと思うからさ。俺もそうだったし。自分のかっこ悪さに死にたくなったもん」

「それ！　いま映像見て俺もマジ死にてーと思ってた」

「練習して、ショウタイム出て、恥かいて、反省して、また練習。その繰り返しだよな」

そう言いながら、ハイネケンを飲むミッチーの顔は充実感に溢れているように見えた。俺もそんな瞬間を味わいたい。そう思うと居ても立ってもいられなくなり、俺は荷物を持って会場を飛び出した。

その日からダンスの猛練習が始まった。頭の中に残っているMillion Wallでの自分の踊っている姿と、TONYスクールのダンサーたちの姿を重ね合わせながら、一体何が違うのか、延々と突き詰める作業だった。

その年の年末、いつものようにTONYスクールに行くと、スタジオ内で人だかりができていた。何をやっているのか、後方から覗き込むと、中心メンバーのひとりが声をかけてきた。

「今度、渋谷のHUDSONでショウタイムやるから良かったら遊びにおいでよ」

受け取ったフライヤーには12月24日に渋谷HUDSONでCHRISTMAS NIGHT SPECIAL SHOWCASEをやると書いてあった。

「これ、みなさんが出られるんですか？」

「そう。ひょっとしたらTONYさんも出るかも」

「えー!!　マジすか!?　絶対行きます!!」

「入り口でTONYスクールって言えば、ワンドリンク2000円で入れるから」

「ありがとうございます！」

俺はすぐさまミッチーに声をかけて、クリスマスに一緒にHUDSONに行く約束をした。いつも一緒にレッスンを受けているメンバーがどんなショウタイムを用意しているのか、ドキドキしながら当日を待った。そもそも、いつもはショウタイムと呼んでいるところをあえてSHOWCASEと表記しているところにも何か狙いがあるのだろうか？　俺の妄想は膨らむばかりだった。

その年の冬、東京では珍しく大雪が降った。クリスマスシーズンということもあって、街の雰囲気はいつも以上に活気づいていた。

大学に通いながら、夜はクラブに踊りに行く生活をしていた俺にとって、HUDSONはすでにお馴染みの場所となっていたが、その夜の自分のテンションは、明らかにいつもと違った。ミッチーとはクラブの前で夜中0時に落ち合う約束をしていた。気がはやっていたのか、少し早く待ち合わせ場所に到着すると、HUDSON前には長蛇の列ができていた。ここまで長い行列は見たことがなかった。クリスマスということもあるのだろうが、並んでいる客のお目当てはみなSHOWCASEなのだと思うと、いやが上にも期待が高まっていく。

時間ぴったりに現れたミッチーと、その大学の友達と1時間並んだ後、クラブ内へと入った。

いつものHUDSONよりもずっと人が多い。外気温を忘れてしまうぐらい、フロアは集まった客の体温と期待感で熱気に満ち溢れていた。フリーで踊れるスペースは皆無。客はみんなステージ前に陣取り、SHOWCASEの始まる瞬間をいまかいまかと待ち侘《わ》びている。少しでも前で見られるように、ステージに向かって人混みを力ずくでかき分けながら進んだ。周囲から白い目で見られようが関係ない。今日のこの日を心待ちにしていた気持ちが自分の背中を押して、俺は前から3列目の絶好のポジションまでたどり着いた。その時、流れていた音楽がフェードアウトし、客席からすさまじい歓声が沸き起こった。これから何かとんでもないことが始まる。武者震いを感じながら、気づくと自分も歓声をあげていた。

MCの煽《あお》りとともにフロアのボルテージはますます上がっていく。

いよいよSHOWCASEの始まりだ。

音楽が流れ出し、低音のビートがステージ横の巨大スピーカーから勢いよく響きわたり、客席に伝播《でんぱ》していく。聴いたことがない曲だが、ビートの強さで明らかにダンサーが好みそうな曲だということがわかる。

薄暗い光の中を、いくつもの人影が怪しくうごめきながら登場してくる。照明が明転した瞬間、ステージ上で激しいSHOWCASEが幕を開けた。渦巻いていた期待感が、照明の光量とともに一気にステージ上のメンバーに降り注ぐ。いつもスクールで見ていたメンバーが、今日はいつも以上にかっこよく見える。全員インディゴデニムのセットアップでバシッと揃えて、しかし髪型はショートドレッド、金髪、コーンロウ、キャップをかぶりサングラスをかけているメンバーまで、各々の個性が爆発している。ステップのキレに加えて、ビジュアルのおしゃれさ、選曲まで文句のつけようがなかった。

「かっけえ」

ステージ上で躍動するメンバーから、俺は目が離せなかった。この時間が永遠に続いてほしいとまで思っていた。SHOWCASEの終わりを感じさせる雰囲気が漂い、メンバーが中央に集まってきた。まだ終わらないでほしい。もう少しこの人たちを見ていたい。そんなことを必死に願っていた気がする。その願いが通じたのか、いやこればかりはもちろん決まっていたことだろうが、メンバーが左右に分かれると、真ん中からTONYさんが登場した。先ほどまでのSHOWCASEの記憶をかき消すほどの今日一番の歓声が上がった。会いたいと胸を焦がしていた人にやっと会えたような、小学校の頃に抱いたマイケル・ジョーダンに対する思いにも引けを取らないほどの憧憬《しょうけい》が自分の中で爆発した。

「TONYさーーーーん!!」

間近で目にするTONYさんの神がかった踊りは、俺の心の行き先を力強く扇動した。

こんなダンスができるようになりたい。

SHOWCASEを見る前と比べると、自分の求めるものがより明確になっていた。ショウタイムとSHOWCASEの違いも腑《ふ》に落ちる部分があった。ダンスパフォーマンスを観客に向かって披露するショウタイムという言葉の中で、ファッションやカルチャー性をより強く意識して、作品の意志を鮮明にしたものがSHOWCASE。そんな解釈が自分の中に生まれていた。

そんなターニングポイントとなる一夜を経て、俺はますますダンスにのめり込むようになり、ダンスにかける比率が目に見えて増えていった。それに伴って、付き合う友達も変化していき、ダンス絡みの友達と過ごすことがほとんどになった。いい曲を紹介されたら、その曲をゲットしにレコード屋に走り、ヤバいダンサーが出演するイベントがあると聞いたら必ず足を運んだ。知り合ったダンサーの中で気の合うやつがいたら一緒にショータイムにも出演した。

でも、まだだ。何かが足りない。

あの夜に見たSHOWCASEのインパクトを追い求める日々の中で、次なるショータイムの練習をしている時に、俺はミッチーと口論になった。

「この部分って新しい曲で振りを作ったほうがよくない？　この前あんまりウケ良くなかったんだよな」

「そう？　けっこういい反応だったと思うけど」

「そもそも一度やったことをもう一回やるのってどうなの？」

「練習時間に限りもあるし、本番までの日数を考えたらこのままでいくのが俺はいいと思う」

「もっと毎日集まって新しいの作ればいいじゃん」

「そんなに集まるのは無理だよ」

「なんで？　やる気なくない？　俺バイトも削って練習時間作ってんだけど」

「それぞれ事情があるだろ」

「事情ってなんだよ」

強く問い詰めると、ミッチーは目線を逸《そ》らし、一息置いて答えた。

「就職準備でいろいろ勉強しなきゃいけないことが増えてきてさ」

「就職？　ミッチー就職すんの⁉　なんで？」

「なんでって、大学卒業したら就職するのは当然だろ」

「じゃあダンス辞めんの？」

「そうだな。ダンスができるのもあと半年ぐらいだな」

ずっとこのまま一緒にダンスを続けていけると思っていた俺にとって、ミッチーの言葉は衝撃的だった。

「ダンサーとして上を目指していくつもりはないんだ？」

「ダンサーは無理だろ。稼げないし。しかも、歳とって踊れなくなったらどうすんだよ」

ミッチーの言葉を聞いて、他のメンバーからも、将来は就職して働くという言葉が口々に出てきた。本気でダンサーとして生きていくと思っていたのは自分だけだったんだ。裏切られたような気がして、俺は無性に腹が立ってきた。同じところを目指してやっていると思っていたのに、実は自分以外は別の道を考えていた。

確かに将来についてはほとんど話したことがなかったし、それぞれに非は全くない。むしろ誰が見ても常識的な判断だと思う。

でも、そうじゃないじゃん。

自分に対する情けなさが募り、モチベーションが明らかに低下していくのがわかった。

ダンサーとして生きていくのは不可能なのか。

自分が目指している道は間違っているのか。

「賢太だっていつか就職するだろ?」

そうミッチーに訊かれ、自尊心を失いかけている気持ちに精一杯の虚勢を被せて答えた。

「俺は就職はいいや。できる限りダンスやるよ」

その答えを聞いたミッチーが俺のことを羨ましく思ったのか、蔑《さげす》んだのかはいまだにわからない。ただその時、ふたりを隔てる境界線がくっきりと浮かび上がってきたことは間違いなかった。

「賢太、就職活動しなくていいのかよ？」

久しぶりに大学で会う友達からも就職というワードを投げかけられるようになった。大学3年生になり、スーツを着て学校に来る学生が増える時期になっても、俺はそんな気持ちには到底なれず、現実を見つめる同世代の学生を疎《うと》ましくすら感じていた。

「大丈夫、大丈夫！　俺ダンスで食ってくから。お前こそ、学校にそんなスーツとか着てきて何してるわけ？」

「今日午前中に希望してる会社の説明会があってさ、初めて行ったんだけどなんかもうすでに疲れたわ」

「就職なんかしなくていいって！　毎日スーツ着て朝から晩まで会社なんて、俺らには無理じゃない？」

「確かにそれ考えると気が重くなるけどな。周りもみんなやってるし、お前も始めるなら早いほうがいいぞ。俺ですらかなり遅れ取ってるほうだから」

「俺は全っ然平気！　なんかダンサーとしての道が見えてきてる気がするんだよね。お前も早いとこシューカツやめて、またクラブ行こうぜ！」

「ああ、就職決まったらまた週末はクラブ行けるかもな」

そういうことじゃなくて、就職すんなって言ってんの！

そう言ってやりたかったが、似合いもしないスーツを着て明らかに疲労困憊《こんぱい》している友人の顔を見ると、それ以上は言う気にならなかった。

大学の同級生たちの話す内容は飲み会で知り合った女の子の話から、就職するならどこの会社がいいかという話にすっかり変わっていき、俺は彼らとどんどん話が嚙み合わなくなっていった。唯一話が合うのが、就職せずに大学院進学を希望しているやつらだった。自分がいま勉強していることをより深く専門的に研究したいから大学院へ進学という訳では決してない。まだ社会に出たくなくて、何とかあと2年親から仕送りをもらって遊んで暮らそうという魂胆《こんたん》が見え見えのやつらだ。そんなやつらと話が合ってしまう自分に嫌気が差すこともあり、俺はひとりで黙々とダンスの練習に明け暮れた。

練習を始めるのは決まって夜11時を過ぎたあたりから。一般的な生活を送っている人がみんな家に帰り、街を徘徊する顔ぶれが変わってくる時間から、自前のカセットデッキを持って街に繰り出す。夜の街を歩くのはとにかく楽しい。キャバクラ、風俗案内所の呼び込みや酔っぱらって路上で寝ているサラリーマン、どれも昼間には会えない人種ばかりだ。その中をお気に入りのＧＵＥＳＳの極太のジーパン、ＮＡＵＴＩＣＡのＸＸＸＬのストライプシャツにＴｉｍ berlandのブーツを合わせて、音楽を聴きながらリズムに合わせて闊歩《かっぽ》するだけで、自分が世界の中心にいるような気がしてくる。今夜も何か楽しいことが起こりそうだ。シャッターが閉まったスーパーの前に踊れそうな広いスペースがあったのでデッキを置いて、音楽を流し始めたところで電話が鳴った。

「もしもし」

「賢太おいすー！　元気？　最近何やってんの⁇」

「おー、大ちゃんひさしぶり！　元気よー。最近は大学たまに行って、あとはダンスの練習とバイトって感じかな。いま駅前のミナト屋の前でちょうど練習始めるとこ。なんかあった？」

「あのさー、ちょっと相談なんだけど、今度横浜のBAY SQUAD HALLでイベントがあってさ、ショウタイム出てくれって知り合いのオーガナイザーから頼まれてて、踊れるやつ集めてるんだけど、賢太もし興味あったら一緒に出ない？」

あれ？　この感覚、なんだっけ？　浪人生時代の予備校の教室の風景。黒板に書いてあった青天の霹靂《へきれき》の文字。予想もしなかったことが突如として起こる。これって青天の霹靂？

大ちゃんは横須賀で俺が唯一仲良くしている同い年のダンサーだ。みんなから大ちゃん大ちゃんと呼ばれ顔も広い。実はダンサーとして知り合う以前、俺たちは高校の部活の試合で対戦したことがあった。

アンドレ・アガシに憧れていた俺と、ピート・サンプラスに憧れていた大ちゃん。

とある夏の最高気温37度に達しようかという猛暑の中、大ちゃんが通う神奈川県立清浜《きよはま》高校のテニスコートでアンドレ賢太とピート大輔《だいすけ》のプライドをかけた一戦が開催された。

アスファルトからは湯気が立ち昇り、逃げ水も見える中、気分はすっかり全米オープン決勝戦。2万5千人の観客からの大歓声、には程遠い25人程度の両校のテニス部員から手厚いヤジが飛び交う。序盤はこちらのペースで試合が進んだものの、スタミナ切れか途中からヒットする球に力がなくなり、グイグイ押し込まれ、結果はピート大輔の勝利。

流した汗とともにプライドも跡形もなく崩れ去り、日に焼けたうなじのヒリヒリ感だけが虚しく残った。帰り道は、アイツのサーブ打つ時の「フウウアアーーッ!!」っていう奇声がうるさすぎて集中できなかった、清浜高校のコートなんだからアイツが有利に決まってる、そんな言い訳ばかりが頭の中を巡ったが、誰がどう見ても俺の完敗だった。

そんな大ちゃんがダンスをやっているという話が、大学時代俺の耳に入ってきた。身体に悪《お》寒《かん》が走り、心臓の鼓動が速くなった。あの時の敗北感は思った以上に自分の中に刻みついていたらしい。

「あの奇声サーブ野郎がダンスを……よりによってなんで同じダンスなんだよ。今度は絶対負けねえ。負けたくねえ」

そのあと俺たちはクラブで良く顔を合わせるようになり、連絡も取るようになったが一緒に踊ったことは一度もなかった。クラブの同じフロアで踊っていても、素直に近づけない。意識して少し距離を取って踊ったり、でも横目でどんな踊りをするのかだけはチェックして、お前のことなんか気にしてないよと立ち振る舞う。ひょっとしたらそこまで気にしていたのは俺だけだったのかもしれないが、ダンサーという人種はほとんどと言っていいほど、恥ずかしがり屋だけど目立ちたがり屋、そんなやつが多い。大ちゃんと踊ってみたい気持ちはもちろんあったが、同い年で一度負けている相手という過去が俺のプライドを頑《かたく》なにしていた。そんな大ちゃんからの誘いを、俺は自分でも驚くほどあっさりと受け入れた。

なぜか？

大学の仲間たちが就職活動を機に人生について真剣に向き合い始める中、俺は自ら選択したダンスの道に確固たる自信があるわけでは決してなかった。ダンスで食べていけるだなんて息巻いているのも、同級生と対等に張り合いたいだけの自分の見栄だった。

ひとりで黙々と練習を続けていても、たまに途方に暮れる時がある。ひとりでは限界がある。一緒に情熱を燃やすことのできる仲間が欲しい。そんなことを感じていた時だったのだ。目の前に降って湧いたチャンスに全力で飛び込んでみたい。中途半端なダンサー気取りが、本物のダンサーになるために自分のプライドを一つ捨てた瞬間だった。

「へー面白そうじゃん、やりたい！　ちょうど地元でやるのアリだなと思ってたんだよね！」

「本当!?　良かった！　じゃあ賢太、決まりね」

「他のメンバーは？」

「鉄平っていう一個下で大工やってるやつがいるんだけど、踊りが上手いからそいつと、もうひとりは大学生で、岡山《おかやま》からこっちに上京してる柊《しゅう》ってやつがいて、二個下なんだけどダンス頑張りたいみたいでさ。あと俺で、この4人でいいかなと思ってる。ふたりともいいやつらだから近いうちに紹介するよ」

「オッケー、楽しみにしてる！　学校とバイトあるけど、夜中だったらいつでも大丈夫！　それか前もって言ってくれたらいつでも合わせるよ！」

電話を切ったあと、自分の中のワクワク感がムクムクと増殖してくるのがわかった。

こういう時は決まって武者震いが起こる。初めてボウリングでストライクがとれた時、ショウタイムで想像以上の拍手をもらった時、好きだった女の子から告白された時、自分にとって嬉しいことがあると、俺の身体は震えた。今回の話もうまくいきそうな予感がした。

「っしゃ、なんか楽しくなりそうだ！」

テンションが上がり、その夜は練習にも熱が入った。俺はダンスと大学以外の時間、横須賀の居酒屋でアルバイトをしていた。大学から帰るとそのままアルバイトに直行し、終わってから朝までダンスの練習。昼まで寝てまた午後から大学に行ったり行かなかったり。そんな毎日だった。

大ちゃんから電話があった数日後の夜、いつものように居酒屋のバイトをしていると、見覚えのある客が入ってきた。

「いらっしゃいませー！　あれ、大ちゃん？」

入り口で、大ちゃんがニヤニヤしながら立っていた。

「おっす賢太！　3人なんだけど入れる？」

「大丈夫だよ。テーブルと座敷どっちがいい？」

「テーブルで！」

店内を見渡して空いている4名用のテーブル席に3人を通した。大ちゃんが連れているふたりはきっとダンサーだろう。ダボダボのファッションに加えて、明らかにこちらへの対抗意識を感じる。おしぼりとお通しを持ってテーブルに行くと、大ちゃんが言った。

「バイト中わりいね」

「全然大丈夫よ。むしろ店の売り上げに貢献してガンガン飲んで！　何飲む？」

「俺はカシスオレンジ、鉄平と柊はどうする？」

「俺も大ちゃんと一緒のやつでいいや」

「僕はこの生搾りグレープフルーツサワーを焼酎薄めでもらえますか？」

「わかりました」

オーダーをハンディに入力して送信したあと、自分でバーの中に入って飲み物を作る。平日の早い時間はいつもお客さんが少ないので、ホールは基本的にひとりでまわすことが多い。

大ちゃんはクラブでもそんなにお酒を飲まない印象があった。だからカシスオレンジなのかな。少し薄めにしておこうか。鉄平と柊って言ってたな。ということは今度一緒に踊るメンバーはあいつらってことか。できあがったドリンクをトレーに乗せると、俺は緊張を隠してテーブルまで運んだ。

「お待たせしました。カシスオレンジが二つと、グレープフルーツサワー薄めになります」

「ありがとう！　あ、俺も薄めにしてもらえば良かった」

「大ちゃん！　そうくるかと思って、気持ち薄めにしておきました！」

「マジ!?　賢太パイセン仕事できるーーー!!」

「こう見えてちゃんとやってますから！　はい、これお通しね」

ひとしきりアイドリングトークが続いたあと、大ちゃんが言った。

「この前話したBAY SQUAD HALLの件だけど、こいつらと出ようと思って。紹介するよ。こいつが鉄平、あと岡山出身の柊ね」

「どうも」

鉄平と紹介された男がガムを嚙みながら、俺の全身を舐め回すように見たあと、素っ気ない挨拶をしてきた。

なんだこいつ。確か一個下って言ってたよな？　先輩に対して取る態度かこれ。

「柊です！　ちゅす！」

奥に座っていた柊という男が軽い感じで挨拶してくる。こいつは二個下のはず。なんかお調子もんっぽい感じだな。でも嫌な感じはあまりしない。コバンザメタイプか？　それとも純粋にいいやつなのか？

「賢太です。よろしく」

柊はともかく、鉄平ってやつはなんだか気に食わない。きっとお互いにそう思っていたんだろう。自然と空気が張り詰める。それを感じたのか、大ちゃんが説明を付け加えた。

「賢太はＴＯＮＹさんのスクール通ってて、鉄平はＳＨＩＮＺＯ《シンゾー》さんとこ通ってんだよな」

そうか、ＳＨＩＮＺＯさんのところの生徒か。だからＰＮＢ Ｎａｔｉｏｎ着てるんだなと、改めて俺は鉄平を見つめた。ダンサーは師匠の影響を多大に受ける。着ている洋服のブランドや踊りのスタイル、見た目の印象などで、誰のスクール生かわかってしまうぐらいだ。ＰＮＢ ＮａｔｉｏｎはＳＨＩＮＺＯさんの愛用しているブランドだった。それに憧れてこいつも着ているのだろう。

「TONYさんのとこ、どれくらい通ってるんすか？」

鉄平が訊いてきた。明らかに俺のことを値踏みしようとしている。

「2年ぐらいかな」

「へーそうなんすね」

どっちだ？　俺のことを上に見たのか、それとも下に見たのか？　鉄平がどれぐらいSHINZOさんのところに通っているのか訊きたくなったが、グッと堪《こら》えた。訊いたら負けのような気がした。

「賢太、今日バイト何時までなの？」

大ちゃんが言った。

「今日は夜11時まで」

「終わったあと何か予定ある？」

「特にないよ。軽く踊りの練習して帰ろうかと思ってた感じ」

「あ、じゃあ俺ら終わるまで待ってるからさ、一緒に練習しようよ！」

「バイト終わるまでけっこう時間あるけど大丈夫？　いま7時20分だから、まだ4時間近くあるけど」

「全然大丈夫！　ちょうど腹も減ったところだし！　なんか頼もうぜ」

メニューを選ぶ3人を見ながら、俺はその中に自分がいる姿を想像してみた。しっくりくるのかこないのか、俺にはまだわからなかった。

いやいや、いまは仕事に集中！　と気を取り直して調理場に戻ると、厨房のボス的存在の久《く》世《ぜ》さんが、ニヤニヤしながら話しかけてきた。

「いまオーダー入ったテーブルって、相馬ちゃんの友達？　サービスで豚キムチぐらいつけとこうか？」

「いいんですか!?　お願いします！　ありがとうございます」

「みんな派手な格好してんねー！　同じダンスグループのメンバー？」

「いや、まだ一緒に踊ったことはないんですが、これからそうなりそうで」

「へーいいねー！　踊る機会あったら教えてよ。休みもらって見に行くからさ」

「本当っすか!?　めっちゃ嬉しいです！　横浜のBAY SQUAD HALLでやる予定なんで絶対来てくださいね。あ、俺も久世さんのバンドのライブ見に行きたいっすよ！」

「あ、ほんと？　ぜひ来てよ。今月はもう終わっちゃったから、来月だな」

久世さんは照れくさそうに言った。こうやって話していると居酒屋の気のいいおっちゃんふうなのだが、実は久世さんがやっているバンドはヘビーメタルで、それもかなりぶっ飛んだ世界観のものらしい。以前ライブに行った同じバイトの友達から写真を見せてもらったが、アメリカのロックバンドKISSをもっとサディスティックにした感じで、写っている4人の中のどれが久世さんなのか俺にはわからなかった。

「今日はイカれた豚野郎を血祭りにあげてキムチと一緒に炒めてやったぜー!!」

右手にマイク、左手に中華鍋を持ち、ド派手なメイクをした久世さんが舌を出しながら絶叫する。そんな光景を想像してひとりで笑いを堪えていると、

「ほい、豚キムチお待ち！」

ド派手なメイクをした久世さんの顔が一瞬で吹き飛んで、居酒屋仕様の久世さんが、ニコニコしながらこちらを見つめていた。

「了解しましたー!!」

あっぶね、ひとりで笑って頭おかしいやつと思われるところだったわ。

「はい、こちらウチの料理長からのサービスで、豚の血祭りキムチ炒め」

「おーマジ!?　めっちゃ美味《うま》そう!!　つーか血祭り炒めってすごいネーミングね」

大ちゃんは一瞬、怯んだ瞳を覗かせたが、さっと笑顔になって皿を受け取った。

ダンサーは常に腹を空かせている生き物だ。練習している時はもちろんだが、日常においても常時身体のどこかしらが動いていて、カロリーを消費している。

横断歩道で信号待ちなぞしようものなら、ハンドウェーブから始まり、ヘッドロールにボディウェーブ、信号が点滅し始めたらそれに合わせてティッキング。青に変わったら、その瞬間にボールチェンジで歩き出す。他の歩行者から白い目で見られようとお構いなし。街全体が自分のダンスフロアなのだ。

通りの反対側にダンサー仲間が現れた日には横断歩道はレッドカーペットと化し、その瞬間、自分の踊りでいかにインパクトを与えられるか、こいつヤベーなと思わせられるか、そこに命を懸けたバトルが始まる。相手との距離が縮まるにつれて、お互いのヴァイブスもビンビン伝わってきて、それぞれの頭の中で鳴っていた音楽が徐々にリンクし始める。ワン、ツー、スリー、音に合わせてステップフォワード！　相手はもう目の前だ。互いにとっておきのワンムーブを繰り出し、セブン、ターン、エイト&クラップ！　ドーーーン!!　周囲に地響きのような振動が響きわたる。街の雑踏はまるで、ふたりの勇者に贈られる称賛の拍手。余韻を存分に楽しんだ後、ハイタッチからのシェイクハンズ、ハグして互いを讃え合い……この瞬間からふたりはもう、ブラザーだ！！！

「パアーーーーン!!」

「うお、ビックリした!!」

「賢太、何言ってんの!?」

目の前で大ちゃん、鉄平、柊の3人が瞬きもせず、こちらをジッと見つめている。

「あ、いや、横断歩道で踊ってたら急に車が……」

「横断歩道？　踊ってたら？　何の話!?」

「あ、違う違う！　こっちの話！　はーーい、いま行きまーす！」

他の客に呼ばれたフリをして、慌ててその場を離れた。

あーあ、絶対おかしいやつだと思われたな……。

この癖のおかげで、俺はいままで幾度となく失敗を繰り返してきた。極度の妄想癖。誰かいようがいまいが、一度妄想が始まると、その世界を延々漂い続けてしまう。

小学校の頃に通っていた学習塾では授業中に窓の外をずっと眺めていてよく怒られたものだ。それでも、全員前を向いて授業を真剣に受けている空間で、先生の声を聞いていると、つい意識は外へと向かい……塾長から呼び出されること十数回。親まで呼ばれて、最終的に辞めることになった。そもそも勉強をしたくて塾に通っていたわけではない。仲のいい友達がみんな通っていたから、じゃあ俺もっていうだけの話だ。

11時にバイトが終わり、タイムカードを押して私服に着替える。大ちゃんたちは一足先に店を出て練習場所に向かっていた。バイト終わりの心地よい疲労に少し緊張をまといながら横須賀の夜の街を歩く。

鉄平と柊はどれぐらいダンスが上手いんだろうか。それが気になって仕方なかった。ダンサーの世界は実力社会だ。上手いやつが偉い。どんなにカッコつけていても、踊りがダサかったらその時点でアウト。ましてや相手は年下だ。舐められるわけにはいかない。

「お、賢太！　お疲れ！」

駅前のデパート、ミナト屋の前に3人の姿を見つけた。まだ踊ってはいないようだ。

「お待たせ。さっきはありがとね」

「賢太、なんかいいテープ持ってない？」

大ちゃんに訊かれて、俺はいつも練習の時に使っているミックステープを手渡した。

「おおーケミカルだ！　いいっすね！」

柊がデッキから流れてきたThe Chemical Brothersの「Morning Lemon」に敏感に反応した。ヒップホップももちろん好きだが、最近俺はBPMの速いブレイクビーツでガンガン速いステップで踊るのにハマっていた。

練習もそうだが、ショウタイムでの曲選びはダンサーにとって生命線とも言える。曲選びのセンスがそのチームのイメージに直結するからだ。

この4人でショウタイムを作るなら、どんな曲が合うのか。そこがちゃんと見えてくるようなら、俺たちは同じチームとして成立するということだった。

「ちょっとテープ変えてもいいすか？」

10分踊ったところで、鉄平が言った。大ちゃんの視線を感じた。俺の顔を窺っている。

「ああ、いいよ」

鷹揚《おうよう》に頷《うなず》きながら、内心ムッとする。俺の選曲が気に食わなかったのか？

いや、まあいいだろう。どんな曲を持ってくるのか聴かせていただこう。鉄平がバッグから取り出したテープをデッキに入れて再生ボタンを押す。

「Nasもいいっすねえ」

銃声から始まる野太いビートに、柊がすかさず反応する。Nasの「Made You Look」。先ほどとは打って変わってゴリゴリのヒップホップ。BPMもだいぶ遅くなり、リズムを大きく取れるようになって、鉄平は身体をド派手に動かし始めた。SHINZOさんのスクールに通っているからか、音の取り方がダイナミックだ。

音を正確に直線的に捉えるというよりは、余裕を持って音を大きく包み込むように……時にはあえて遅く取りながら、空間を捻《ひね》るような踊り方。俺はSHINZOさんの踊りにそんな印象を抱いていた。

目の前で踊る鉄平は身体全体を上下に強く揺さぶり、時折ラップのフロウにも動きをハメてくる。悪くない。荒削りなところはあるものの思い切りがよく、ところどころでSHINZO

さんを感じさせるような踊り方をしていた。俺とはタイプが違うが、踊りのしなやかさと、全身のバネ、あとこれが一番大切なのだが、何をしたいのかがきっちり表現できている。かなりしっかり基礎を練習している印象だ。

鉄平の後ろで踊り出した柊、こいつ、線は細いが、その分モデルのようにスタイリッシュな体型だった。背は、俺よりも少し高いだろう。

ちなみに俺の身長は１８０センチ。ダンサー界で見ると背が高いほうに分類される。背が高いダンサーは、どうしても打点が高くなってしまい、苦労する。ダンサーでいうところの打点というのは、身体の重心だ。身長が高いということはそれに比例して足も長くなり、その長さゆえに重心が浮きがちで、膝をかなり深く曲げて音を取らないと、どこかぎこちなく見えてしまうのだ。

始めた頃は俺も相当苦労した。少しぎこちなさが残る柊の踊りを見ながら、こいつもきっと同じような苦労をしてきたんだろうなと、なんだか親近感が湧いてきた。

何よりふたりは、真剣だった。

毎日練習を重ねている人間の迫力に、俺は胸が熱くなるのを感じた。俺と同じパッションで、ダンスをやってるやつがいる。しかも横須賀に。こいつらと話してみたいと俺は思った。

「ＴＯＮＹさんのスクールは、最近どんなことやってるんですか？」

テープのA面が終わり、音が止まった瞬間に、鉄平のほうから声をかけてきた。

「最近は、さっきかけてたような速い曲でがしがしステップ踏む感じが多いかな。あとタット系がよく振りに入ってくるね。SHINZOさんのところはどんな感じなの？」

「ウチは、SHINZOさんが旬のヒップホップ好きなんで、踊りもそれに合わせた感じになりますね。こんな感じの細かい足技とか最近よくやりますよ」

鉄平がやって見せてくれたのは、俺にとって初めて見る技だった。

「何それ！　どうやってんの⁉」

気づいたら俺は、鉄平に教えを乞うていた。

この時点で俺は、鉄平のことを認めていたのだと思う。最初こそぎこちなかったものの、互いの得意な動きをシェアすることによって、一気に距離が縮まっていった。

ダンサーは実は人見知りなやつが多い。仲良くなれるかどうかは、一緒に踊った時のフィーリングなのだ。日付が変わり、気が付くと夜中の3時になっていた。

「俺、大学生ってもっと遊びで踊りやってんのかと思ってました」

音を止めて、鉄平が言った。その声はもう、ずいぶんと柔らかいものになっていた。

「大学生でもいろんなやつがいるよ。遊びっぽいやつも、本気でやってるやつも。でもそんなやつらも、就職したら結局辞めちゃう。俺みたいに就職せずに踊り続けるやつってかなりレアだと思う」

「そういう人のほうが俺はつるみやすいですけどね。期間限定で踊ってるやつより」

「そうなんだよ、期間限定なんだよ！　もったいなくない？　めっちゃ練習してせっかく上手くなったのに、辞めちゃうって。就活してるやつにそれ訊いたことあるんだけど、やっぱりみんな踊りで飯《メシ》食っていけると思ってないんだよな。それがなんか寂しくてさ……。悔しいから俺は絶対食えるようになってやるって思ってる」

俺の口はもう、止まらなかった。ここのところずっと抱えていたわだかまりが、溢れ出していた。

「賢太さん、アツいっすね」

鉄平が初めて、口元をほころばせた。

「賢太も俺らと変わんねーな」

俺と鉄平のやり取りを見守っていた大ちゃんが、静かに口を開いた。

「実はさ、俺も、賢太はいずれは就職して辞めるんだろうなと思ってたんだ。だって、大学生ってそういうもんじゃん？　なんかちょっと、けっこう本気で嬉しいかも……」

大ちゃんのしんみりした声に、みんなが黙った。

照れたのか、すぐ大ちゃんが、今度はからかうような調子で言う。

「あとは柊がどうするかだな！」

「え、俺!?　もちろん俺も踊りで食っていきたいっすよ!!」

柊が慌てて言った。

「大学は一応行ってますけど」

大ちゃんが重ねて言う。

「もう辞めちゃえば？」

「いま辞めると仕送り止められるんで。とりあえず4年までは行きますよ。ていうか俺が大学辞めて仕送り止まると困るの、大ちゃんでしょ。いつも人の家に入り浸ってるじゃないですか」

「だって柊んち綺麗だし、何もしなくてもご飯出てくるし、最高なんだもん！」

「マジでそろそろ食費入れてもらいますよ。大ちゃんの分の飯作るだけでけっこう食費かかってるんですからね！」

「いや、だからこのチームでギャラもらえるようになったらいいんだろ!?　今度の横浜のショウタイムも多少はギャラもらえるから、そこで結果出して次に繋げればいいんだよ！　うん、そうしよう！」

「そんな上手くいくんすかあ？　大ちゃんがちゃんと営業してくれればって感じですよね？」

「なんで俺が営業担当になってんだよ！　みんなでやればいいだろ！　はい分担分担!!」

大ちゃんと柊のやりとりを聞きながら、俺はこれまでにはなかった高揚を感じていた。いままで一緒に踊っていたメンバーとは、ダンスの話はしても、ギャラや、どうやってチームの名前を広めていくかなんていう話はしたことがなかった。将来的にはみんな就職するつもりだったから、ダンサーとしてお金を稼ぐという発想がそもそもなかったのだろう。そんな状況にどこか物足りなさを感じていた俺は、目の前のふたりのやりとりをいつまでも聞いていたいような気持ちになった。

「ところで、チーム名どうする？」

大ちゃんが言った。

「確かにチーム名、必要ですよね。カッコいいのつけたいですね」

「まずは横須賀で一番になりたいよな。横須賀は海の横にあるから、ベイサイドスタイラーズとか!?　どう？」

大ちゃんからの提案に、鉄平が間髪入れずに答えた。

「なんとかズってダサくない？　もうちょいオシャレ感欲しいな」

「じゃあベイサイドクルー」

「うーん、なんかブレイカーのチームみたいに聞こえるな」

「じゃあベイサイドカルテット！」

「ベイサイドから一旦離れない？」

「そんなこと言うなら鉄平がなんかアイデア出せよ！」

「もっとこうさ、インパクトのあるやつがいいんだよな」

鉄平の言葉を聞いて、俺は咄嗟に思った。

「じゃあもうインパクトって言葉を入れちゃえばいいんじゃない？　例えばディープインパクトみたいな」

「なるほど！　それいい！　なんとかインパクトってことね。じゃあ、ベイサイドインパクト!?」

「だからベイサイドから離れろっつーの!!」

「パーフェクトインパクトとかどうですか？　完璧な衝撃みたいな？」

「柊は言うことがいちいちオシャレだなあ。俺みたいにベイサイドとかそういう野暮ったいやつ言ってくれよ。俺だけなんかダサい人みたいじゃん」

「え？　大ちゃんいま気づきました？」

「どういうことだよ!!」

その時、頭の中にとある曲が流れた。俺が大好きな、オリジナル・ラヴの一曲。

「パーフェクトインパクトってめっちゃかっこいいんだけど、パーフェクトというよりはもっと荒削りな感じがこの4人っぽい気がして、例えばプライマルインパクトとかどうかな？　プライマルって、『第一の』とか『最初の』って意味だから、4人でチーム組んで一発目に与える衝撃がすごいことになるようにっていう願いを込めて。どう？」

勢いで話してみたが、果たしてこの3人に自分のセンスは受け入れられるのか？　ドキドキしながら反応を待っていると、3人は顔を見合わせ、頷き合っている。鉄平が口火を切った。

「プライマルインパクト、いいんじゃない！　プライマル・スクリームみたいで」

「いいっすね！　オシャレ感もあるし、俺、賛成です!!」

「よし！　じゃあベイサイドプライマルインパクトにしよう！」

「大ちゃん、ベイサイドはもういいから！　しかも長いし！」

「そんなこと言わずに俺の案も盛り込んでくれよ〜、頼むよ！」

「はい、却下ー!!」

こうして「PRIMAL IMPACT」は生まれた。みんながみんなダンスで飯を食っていこうと思っているこんなメンバーと過ごしているうちに、大学の同級生たちへの苛立ちは自然と消えていった。俺は新たな居場所を手に入れたのだ。

# 第二章　ルーツ

ＰＲＩＭＡＬ　ＩＭＰＡＣＴはＢＡＹ　ＳＱＵＡＤ　ＨＡＬＬのイベントで初めてのショウタイムをして評判も上々。俺は小さな達成感を胸に横須賀へと戻った。

大ちゃんの号令のもと、単発のユニットのようなイメージで集まった4人だったが、その後も頻繁に連絡を取って自然に集まるようになり、気づけば次回のショウタイムのオファーが舞い込んでいた。

「この前のＢＡＹ　ＳＱＵＡＤ　ＨＡＬＬのショウタイムの後に、横須賀でイベントやってるやつと知り合ったんだけど、この前連絡あってさ、来月ＳＨＯＷＢＩＺ　ＡＲＥＡでショウタイムやってくれないかって」

「いいねー、やろうよ！」

「同じネタでやる？　ちょっと変える？」

「来月までまだけっこう時間あるから変えてもいいかもな」

「じゃあ次集まる時に、それぞれ使いたい音持ってきて話そうよ。いつ集まれる？」

「俺は夜ならいつでも大丈夫です」

「俺も明日は夜空いてるな。賢太は？」

「俺は明日はちょっと……空いてるわ」

「空いてんのかい!!」

翌日にまた集まることになり、その日は解散となった。停めていたバイクに跨《また》がった時、大ちゃんが声をかけてきた。

「賢太、今日はバイト？」

「今日は休み。もう帰るよ。なんかあった？」

「いや、そんな大したことじゃないんだけど……改めて、御礼言わなきゃと思ってさ」

「何の御礼？」

「PRIMAL IMPACTに参加してくれた御礼。そもそも俺が声かけたんだけど、最初は大丈夫かなって半信半疑なところがあってさ。賢太が入ってくれたおかげですごくいいバランスになったと思って」

「何をいまさら！　こっちこそ誘ってくれてめちゃくちゃ感謝してるよ。この前のイベントの感触も良かったし、次はもっといい感じにしたいよね」

「そうだね。鉄平も賢太のこと認めてるみたいだし。柊はまだ若くて危なっかしいところもあるけど、いいやつだから」

大ちゃんがみんなから慕われる理由がわかったような気がした。メンバーのことをよくわかっている。ショウタイムを一緒に作る中で、それぞれの性格や得意なこと、不得意なことがぼんやりと見えてきた実感があった。同時に、自分がこのチームに対してどこまで本気で向き合うのか、計り切れていない部分もあった。もう二度とあんな思いはしたくない。ミッチーの顔が頭をよぎる。大学で一緒に踊っていたメンバーは、いまこの瞬間も就職活動に励んでいることだろう。そんなやつらと距離を置き、ダンスで頑張っていくと決めたものの、少なからず葛藤はあった。でも、大ちゃんがいれば大丈夫かもしれない。心おきなくダンスを第一優先にして、ひたすら切磋琢磨できるかも、そんな思いが生まれていた。

「じゃあまた明日」

そう言い残すと、大ちゃんはバイクに跨り走り去って行った。


翌日、集合時間になっても大ちゃんは現れなかった。

「大ちゃん遅くない？」

「ああ、病院寄ってから来るから少し遅れるって」

「病院？」

鉄平が少し戸惑った表情を浮かべながら答えた。

「まだ聞いてなかった？　大ちゃんの親父さん病気でさ、ずっと入院してるんだよ。だから大ちゃん仕事して、ダンスして、合間に病院通って看病してる」

大ちゃんの父親に会ったことはないが、病室で大ちゃんが看病している姿が頭に浮かんだ。PRIMAL IMPACTが始まってから、俺は学校とバイト以外の時間はほぼ全てチームのために使ってきた。そこにはもちろん大ちゃんもいたが、家庭の事情を感じさせるような素振りは全くなかった。常に明るく振る舞い、みんなからいじられながらも、誰もが大ちゃんに対して信頼を寄せていた。自分が大変だなんておくびにも出さず、ずっと周りのことを考えてくれていたんだ。そう思うと、これまで大ちゃんと接してきた中で、自分に思いやりが欠けるような発言や行動がなかったか、気になり始めた。

「大ちゃんそんなこと一言も言ってなかった。言ってくれればいいのに」

「自分からは言いづらいんじゃない？　ああ見えて、めっちゃ気遣う人だし。俺も最初は本人から聞いたわけじゃないしね」

「そうなんだ……なんかいままで大ちゃんのことをいじったりしてたのが、申し訳なく思えてきちゃった」

「それは大丈夫でしょ！　本人もいじられるの絶対好きだし、楽しんでると思うよ」

鉄平の言葉で少し救われた気持ちになった。

「ごめーん！　遅くなった」

大ちゃんがいつも通りの明るいテンションで現れた。平静を装い、ひとしきりいつも通りのやりとりをしていたが、先ほどまで病院で看病していたことを想像すると、気の利いた言葉の一つもかけられない自分に、何とも言えない無力感が湧いてきた。そんな俺の思いなど知る由もなく、大ちゃんが言う。

「次のショウタイムでこの曲使いたいんだけど、どう？」

「おおー、いいね。大ちゃんが好きそうな感じ」

「そう？　あえて俺っぽくないのを持ってきたんだけど」

「そのあえてな感じも含めて大ちゃんっぽい」

「何だよそれー、ちょっと意外なところ持ってきて驚かせたかったのに」

「大ちゃん、その魂胆が透け透け」

普段通りに大ちゃんをいじる鉄平の姿から、ふたりの間に流れる年月の積み重ねが垣間見えた気がした。

ダンサーにとってショウタイムとは、自分たちの作品を表現する場であり、そこで認められれば次のステップへの道が開かれる、いわばオーディションのような感覚でもある。ショウタイムを開催するクラブイベントの規模や種類も様々で、東京都内の人気クラブでショウタイムをすることが、その時の俺にとっては一番大きな夢だった。そのためには地元横須賀で名を揚《あ》げて、横浜のクラブに定期的に出演するようになり、最終的に東京に進出という流れが理想的だと考えていた。PRIMAL IMPACTのメンバーとは事あるごとにそういう話をしていたので、東京進出は全員の共通認識となっていた。

横須賀には俺たちが遊びに行くクラブがいくつかあった。その中でも一番大きなハコがSHOWBIZ AREA。ダンサーやスケーター、ラッパーにローライダー、横須賀のストリートカルチャーを体現する若者が一番多く集まる場所だ。他には、どぶ板通りの中にあるAZ。こちらは米軍基地から近いこともあり、外国人の客が多いクラブだ。異国にいる感覚を味わえるので、好きなクラブの一つだが、しばしば地元民と外国人の間でトラブルが起こる場所でもある。

それに加えて、最近新しくできたUNDER BARというクラブはヒップホップだけではなくハウスやテクノといったジャンルのイベントも開催しており、幅広い客層から支持を集めつつあった。俺たちはこれらのクラブを中心に、夜な夜な横須賀の街を徘徊して回った。

ＳＨＯＷＢＩＺ　ＡＲＥＡでの横須賀初ショウタイムは想像以上に盛り上がる結果となった。

大ちゃんと鉄平が知り合いをたくさん呼んでくれたおかげで１５０人ほどのオーディエンスのほぼ半分がＰＲＩＭＡＬ　ＩＭＰＡＣＴのお客だった。ＳＨＯＷＢＩＺ　ＡＲＥＡにはステージがないため、ショウタイムが始まる前にＭＣがお客を誘導し、フロアに踊れるスペースを作る。前から5列目ぐらいまでは床に座り、それから後ろは立った状態でショウタイムを見る。ショウタイムが始まるやいなや、ものすごい歓声が起こり、俺たちは客席から押し出される形で、ぽっかり空いたフロアの中心へと躍り出た。

鉄平と目が合った。

いつも冷静で、滅多に動揺している姿を見せない鉄平が、緊張感を目の奥に宿している。

大ちゃんはキャップを目深にかぶって集中力を高めようとしている。

柊は笑顔でお客にアピールをしながら場の空気を摑もうとしているようだ。

俺はというと、自分が呼んだお客ではないが、声援を受けているグループの一員として、その熱狂を自分に向けられたものだと勘違いできるほどに舞い上がっていた。Ｍｉｌｌｉｏｎ　Ｗａｌｌの記憶が鮮明に蘇る。あの時以上にお客のボルテージは高い。いやだ。あんな思いはもう繰り返したくない。落ち着け。自分のやるべきことに集中しろ。

その時、右隣にいた鉄平が叫んだ。

緊張を解きほぐすべく、自らに活を入れるように叫んだその声は、目の前のお客から放たれる感情の矢に対する鉄壁のガードとなって俺たちを包み込んだ。途端に、四方八方に散らばっていた意識が濃密な粒となって、指先から足裏まで血流と共に流れ込む。

ショウタイムのイントロが流れ始めると、意識よりも先に筋肉が反応して、何度も練習で繰り返してきた動きが自然と身体を支配していく。しばらくはその動きに身を浸す。しばらくと言っても、時間にすると30秒程度だろう。やがて、自分の意識と暴走する筋肉が徐々に折り合いをつけ始める。途端に自分がいまこの場で踊っているという感覚がリアルなものとして認識される。日常生活の中では絶対に味わうことのできない張り詰めた緊張と高揚が、身体の中で覇権を巡ってせめぎ合っているようだった。

ともかくコントロールしようとすると、たちまち筋肉にブレーキがかかってしまうのだ。ここまでくると、積み重ねてきたことを信じて、意識と身体に委ねるしかない。その上で、観客の期待に対して答えを提示していくのだ。観客に媚《こ》びたような表現は見ていて気持ちのいいものではない。自分という個性をいかに価値のあるものに見せるか、その個性が集まったチームという共同体がどれだけの魅力を放てるか。酒がこぼれて滑りが悪くなったフロアを踏み締めながら、俺たち4人はそれぞれの思いを胸に躍動し、横須賀のアンダーグラウンドの夜は熱く更けていった。

「大ちゃん、この前のショウタイムよかったよ」

「鉄平、今度いつやるの？」

街で知り合いに会うたびにこんな会話が繰り広げられる。大ちゃん、鉄平の知り合いと俺も徐々に繋がっていき、それと共に横須賀の中でPRIMAL IMPACTの知名度が上がっていっているのを肌で感じた。

クラブに行くと、まずは知り合い全員と挨拶をして、イベントのオーガナイザーを探し出し、顔を売る。ひとしきりクラブ内の雰囲気を掴んだら、ダンスフロアへ。その場の注目を集めるために4人でフリースタイルで踊る。しばらく踊っていると、周りからの注目度が上がってくるのがわかる。話しかけてくるやつもいれば、バトルを仕掛けてくるやつもいる。出る杭《くい》は打たれるという諺《ことわざ》通り、目立っていると潰そうとしてくるやつはどこの世界にも現れるものだ。出る杭が1本だったら簡単に打たれていたかもしれないが、4本集まったらそう簡単には打たれない。どんな相手が来ようと、俺たちはチームプレイに徹してそんな場を切り抜けた。不思議なもので、一度一緒に踊った相手とはすぐに仲良くなることができた。毎晩クラブで踊り、スキルを磨くだけでなく、人間関係も作り上げていく。そんな過程を4人で経験していくたびに、俺たちの絆は強くなっていった。

「いつかＫＩＮＧ　ＯＦ　ＳＴＲＥＥＴに出たいよな」

「マジでそれ夢だよな」

「次いつやるんだろ？」

「今年はやらないような噂聞いたから来年ですかね？」

俺たちの間でそんな会話が交わされるようになるまで時間はかからなかった。

なにしろ俺たちが憧れていたＫＩＮＧ　ＯＦ　ＳＴＲＥＥＴとはアンダーグラウンドダンスシーンの中で最高峰のイベントだ。実力だけではなく、人気を兼ね備えたカリスマチームのみがそのステージに立つことができる。ＴＯＮＹさんやＳＨＩＮＺＯさんはもちろんＫＩＮＧ　ＯＦ　ＳＴＲＥＥＴの常連だ。普段は別々のチームで活動しているダンサーもＫＩＮＧ　ＯＦ　ＳＴＲＥＥＴの時だけはスペシャルなユニットを組むことがあり、開催が発表されるとどんなゲストがラインナップされるのかがダンサー界の話題となっていた。俺たちも早くそんなダンサーたちの仲間入りをしたい。ダンサーとして生きていくと決めた以上、ＫＩＮＧ　ＯＦ　ＳＴＲＥＥＴは避けて通れない壁だと、いつからか俺たちは意識するようになっていた。

横須賀のクラブではイベントごとにＤＪのラインナップはだいたい決まっていたが、たまに横浜や東京からゲストＤＪを招くこともあった。いつもは都内の大きなクラブでフロアを熱狂させているＤＪが横須賀に来る時は毎回大きな話題となり、俺たちも必ず足を運んでいた。

その中でも最近よく話題にのぼるのがＤＪ ＭＡＲＩＮＥ《マリーン》。ゴリゴリのヒップホップからメロディアスなＲ＆Ｂまで幅広い選曲でフロアをロックして、男女問わず、熱烈な支持を獲得しているＤＪだ。

そんなＤＪ ＭＡＲＩＮＥがＳＨＯＷＢＩＺ ＡＲＥＡで回すという情報が入り、俺の胸は躍った。

「来月、ＤＪ ＭＡＲＩＮＥ来るって!!」

「マジ!?　どこに？」

「ＳＨＯＷＢＩＺだって！」

「それは行くしかねーな。決まりだわ！」

大ちゃん、鉄平、柊も予想通りのリアクションを見せ、俺の期待は膨らむばかりだった。

イベント当日、ＳＨＯＷＢＩＺ ＡＲＥＡの前には長蛇の列ができていた。普段とは雰囲気の違う客も多く、横須賀以外からも多くの人々がＤＪ ＭＡＲＩＮＥのプレイを体感しに来ていることが想像できた。

「すげ！　こんなに並んでんの!?」

「MARINEってやっぱ客呼ぶよな」

「ここ最近は一番売れてますよね？」

行列を眺めながら途方に暮れていると、大ちゃんがクラブの中から出てきた。

「おいすー、お待たせ」

「あれ？　大ちゃん、もう中入ってたの？」

「今日のイベントのオーガナイザー知り合いだから、先に入って話つけてた。そのまま入れてくれるって」

「マジ⁉　さすが大ちゃん」

先導する大ちゃんの背中に頼もしさを感じ、並んでいる客に対して優越感を抱きながらクラブの入り口を目指す。クラブに顔パスで入れることは一種のステータスであり、それによって周囲からの見られ方も変わる。存在感を出していくためには、ダンスでインパクトを与えることはもちろん、こういった見せ方も必要だった。

クラブ内はこれまでに感じたことがないほどの熱気が充満していた。DJ MARINEの出番はまだのようだ。今日はダンスのショウタイムはないので、フロアにもみっしり客が押し寄せている。

「とりあえず何か飲む？」

「そうだな。バーカン行こうか」

他の客と話している大ちゃんと柊を置いて、鉄平とふたりでクラブの奥のバーへ向かった。フロアよりは音量も幾分小さいバースペースにたどり着き、それぞれアルコールを注文する。

「乾杯」

「MARINE、何時からだろ？」

「さっき大ちゃんが1時過ぎって言ってたから、あと20分ぐらいだな」

「もうちょいか」

「大ちゃんたち呼んでくるわ」

「うん」

フロアに向かった鉄平の後ろ姿をぼんやり眺めながら、流れている音に軽く身体を揺らしていると、カウンターの隅でひとり、グラスに口をつけている女性が目についた。長い黒髪が薄暗いバーカウンターの灯りの下で妖艶に光っている。周囲の雑音には目もくれず、涼しげな表情を浮かべている横顔は、森の中で他者と混じり合うことなく、静かに力強く生きている狼のような雰囲気をまとっていた。チラチラと横目で見ながら何者だろうと考えていると、鉄平が大ちゃんと柊を連れて戻ってきた。

「賢太、みんなで乾杯しようぜ！」

「大ちゃん、ご馳走様です!!」

「なんで俺が奢《おご》るんだよ！」

「だって今日は大ちゃんのイベントでしょ？」

「俺じゃないから！　俺はただオーガナイザーを知ってるだけだから！」

「それはもうほぼ大ちゃんのイベントってことだよな、柊？」

「まあ、そういうことになりますね」

「ほら、じゃあちゃんとオーガナイザーさんに御礼言って」

「今日はありがとうございます。ご馳走様です」

「なんでそうなるんだよ！　まあ、いいけど。じゃあテキーラ４つ。オーガナイザーにつけといて！」

「払わんのかい!!」

いつもの調子で景気づけにテキーラで乾杯すると、フロアからＤＪ ＭＡＲＩＮＥを紹介するＭＣのがなり声が聞こえた。

「タイミングバッチリ！　行こうぜ！」

フロアは客でごった返している。

俺たちはフロア後方で踊りながらＭＡＲＩＮＥのプレイを楽しむことにした。

ＤＪが交代するタイミングの一発目の選曲はかなり重要だ。俺たちのショウタイムの一曲目と同じような感覚かもしれないが、その日のフロアの雰囲気を繊細に掴み取り、前のＤＪからのバトンも受け継ぐ。自らの挨拶がわりとなる一曲目にＭＡＲＩＮＥがどんな曲を選ぶのか、ワクワクしながらその時を待った。

それまでフロアを沸かせていたＤＪの流している曲がフェードアウトし、クラブ内がほんの一瞬静寂に包まれ、それと反比例するかのように客のどよめきが起こる。次の瞬間、聴き覚えのある声がクラブ中に響きわたった。

LL Cool J is hard as hell
Battle anybody I don't care who you tell
I excel, they all fail
Gonna crack shells, Double-L must rock the bells

「LL Cool J だ!!」

俺たちは顔を見合わせながら、聴き馴染みのあるそのラップに一様に心をロックされた。だが、それだけでは終わらなかった。ＤＪ ＭＡＲＩＮＥはレコードを2枚使いして、イントロのラップ部分だけをスクラッチを織り交ぜながら、延々と繰り返していった。その切り返しのタイミングは全く読めなかったが、一つの明確な完成形が見えているような説得力を感じた。左右のレコードがまるで一つの楽器のように、新たな音の世界を作り上げていく。フロア全体がＭＡＲＩＮＥのテクニックに酔いしれ、ＭＡＲＩＮＥの術中にハマっていくような感覚を覚えた瞬間、曲は本来の流れへと復帰した。スクラッチの積み重ねに、ずっと息を止めながらその動向を窺い、圧迫感を覚えていたオーディエンスが一気に息を吐き出して解放された瞬間、クラブ内の空気は異様な盛り上がりへと変化した。その後になんの曲が流れたかは正直覚えていない。ただ、自分の意志で踊るというよりは、ＭＡＲＩＮＥの意志で踊らされているような、でもそれがまた何とも心地良く感じる時間だった。

いつもは周りの客を意識しながら踊っていたが、今日ばかりは周囲の状況は全く意識の中に入ってこなかった。正確に言うと、大ちゃん、鉄平、柊の存在だけしか見えていなかった。向かい合って踊る４人の間には確実に意識の共有が起こっていた。何を考えて、どんな踊りをしようと思っているのかが手に取るようにわかる。こんな経験は初めてだった。

「ちょっと待って、今日ヤバくない？」

大音量の中、声を張り上げて３人に話しかけると、

「ハンパない！」

「すげー!!」

「最高です!!」

みんながみんな語彙力を失ったような、心のままの言葉が返ってきた。

「MARINEって何者？　ちょっと前まで行こうぜ！」

揺れ動く熱いオーディエンスの間をかき分けながら、俺たちはDJブースを目指して突き進んだ。その間も一度ノリ始めた身体は止まらない。道中でいい具合に踊っているやつがいたら、その都度セッションしながら、なんとか最前線までたどり着いた。

高い位置にあるDJブースを見上げ、目に映るものを認識するまでに数秒かかった。

俺の目に映ったのは、先ほどバーで目にした黒髪の女性だった。

片側の耳と肩でヘッドフォンを挟み、音にノリながらレコードを回している。

「え？　この人がMARINE？」

俺は咄嗟に横にいる大ちゃんに訊いた。

「MARINEって女なの!?」

「ああ、そうみたいね。俺もなんとなくそんな話は聞いたことあったけど、実際に見たのは初めてだ」

「マジで!?　俺、てっきり男だと思ってた……」

確かにこれまでDJ MARINEの姿は写真でも見たことがなかった。クラブで運よくプレイするタイミングに出会っても、フロアで踊りに夢中になっていたので姿を認識したことがなかった。ついさっき、バーで見かけた涼しげな表情のまま曲を流しているMARINEに俺は釘付けになり、気づくと、身体は踊ることをやめていた。

不意にMARINEと目が合った。

MARINEは揺れる黒髪の間からこちらを一瞥《いちべつ》し、微《かす》かに微笑んだ。途端に俺の身体はまた動き出した。時間にしたら数秒程度だったかもしれないが、目の前の女性DJに、俺は身も心も魅了されていた。

1時間のMARINEのプレイはあっという間に過ぎ去った。楽しい時間は過ぎるのが早いと良く言われるが、早いなんてもんじゃない。これまでに味わったことのない音楽への没入感は俺の中の時間の感覚をバグらせた。フロアにいる誰もが、同じような感覚を味わっていたことだろう。次のDJにバトンが渡されると、それまで熱いうねりを生み出していたフロアの密度が瞬く間に薄くなり、俺たちもフロアを後にした。身体には、踊りきった達成感と新たな世界を垣間見た興奮がまだ残っていた。

バースペースまで戻ると、先ほどと寸分違《たが》わぬ体勢でグラスを傾けるMARINEの姿を見つけた。俺の足は吸い込まれるようにMARINEの元へと向かった。

「あの、ＭＡＲＩＮＥさんですよね？」

こちらの問いかけに全く動じることなく、ＭＡＲＩＮＥは涼しげな表情で首を縦に振った。

「さっきのプレイ最高でした！　入りの『Rock The Bells』の２枚使いから完全に摑まれました！　あんなプレイ初めてで、めちゃくちゃヤバかったです!!」

「ありがとう」

テンション高く捲《まく》し立てる俺をそっといなすように、ＭＡＲＩＮＥは答えた。こちらが称讃の意を伝えているのに、それに対して少しも嬉しそうな表情を見せない。自分がこれまでに出会ったことのない人種だと感じた。いつもならクラブの中で知り合い、乾杯して盛り上がったら、大抵はノリ良く付き合える関係になるが、どうやらそうはいかなそうだ。どうやって話を盛り上げようか考えているうちにＭＡＲＩＮＥが口を開いた。

「飲む？」

「え？」

「お酒」

「あ、はい。飲みます」

ＭＡＲＩＮＥは目の前のバーテンに自分と同じドリンクをもう一つ頼んだ。

目の前に差し出されたのは、ロックグラスに入った茶色い液体。

クラブではいつもテキーラばかり飲んでいる俺にはなかなかお目にかかれない飲み物だ。

「いいんですか？」

「どうぞ」

恐る恐るグラスを口元に近づけると、甘い香りが鼻をつく。グラスの縁を口につけると、氷が唇を優しく刺激し、次の瞬間、粘度の高い甘い液体が口内にひろがる。強いアルコール感の奥に、熟したフルーツの香ばしさを感じる。

「これ美味しい。なんていう飲み物ですか？」

「フレンチコネクション」

「クラブでこんな飲み物初めて飲みました。いつもテキーラばっかり飲んでるんで」

「踊ってたよね？」

「え？」

「さっきフロアで」

「あ、はい！　めっちゃ踊ってました。ＭＡＲＩＮＥさんの選曲が良すぎてノリノリでした」

「ダンサーなんだ？」

「そうです。横須賀でＰＲＩＭＡＬ　ＩＭＰＡＣＴっていうチームを組んでます。そのメンバーと一緒にさっきも踊ってました」

メンバーの存在を思い出し、後ろを振り返ると、大ちゃん、鉄平、柊がニヤニヤしながらこちらを見ている。どうやら俺がＭＡＲＩＮＥをナンパしていると思っているらしい。そう思われても仕方ないが、俺としては新しい世界を見せてくれたＭＡＲＩＮＥに、なんとかして感謝の気持ちを伝えたい一心だった。

「横須賀に来たの、初めてですか？」

「初めてじゃないよ」

「そうなんですね」

「横須賀出身だから」

「え⁉　本当ですか、横須賀のどこですか？」

「衣笠《きぬがさ》」

「衣笠⁉　すぐそこじゃないですか！」

横須賀出身と聞いて、俺は勝手にＭＡＲＩＮＥとの心の距離感を縮めた。

それまで感じていた捉えどころのなさも、同郷というだけで好感に変わり、我ながら、自分の感覚は恐ろしく適当なのだと思った。

そこからはＭＡＲＩＮＥへの質問攻めの時間となり、米軍基地の中のクラブでＤＪとしてのスキルを身につけたこと、横須賀出身だが最近は横浜、東京でプレイすることがほとんどだということ、本名の真里《まり》と横須賀の海のイメージからMARINEというDJネームにしたこと、年齢は俺の4つ上ということなど、これまでのMARINEのミステリアスなイメージを覆す情報を、俺はどんどん獲得していった。

「横浜のRONRICOでレギュラーでやってるイベントがあるんだけど、再来月それのスペシャルがあって、君たち出てみない？」

MARINEからの急な提案に俺は驚きながらも、前のめりで答えた。

「いいんですか？　ぜひ出たいです！」

RONRICOは横浜でよく遊びに行くクラブの一つだが、ダンスイベントを開催している印象はあまりなかった。

「RONRICOってダンスイベントやってるんですね？」

「いつもは横浜のラッパーとかローライダー系が集まるイベントが多いんだけど、そこのオーナーが私にDJのいろはを教えてくれた人でね。もっとダンサーが集まるようなハコにしたいから協力してくれって言われて。ダンサー好みの選曲でイベントやろうとしてるんだ。今日もダンサーが好きそうな曲でやってみたらどんな反応が来るかなと思ってたら、君たちがガンガン踊ってくれてるのが見えて。後で声かけてみようと思ってたから、君から来てくれたから助かった」

「そうだったんですね！　なんだー、だったらもっと早く言ってくださいよ！　俺たちMARINEさんがプレイする時はいつでもどこでも行って盛り上げますよ！」

そう言うと、MARINEは口角を上げて、今日初めて、はにかんだような笑顔を見せた。

その笑顔は俺の心の中の松明《たいまつ》を燃え上がらせた。この人ともっと仲良くなりたい。裕太やケビンと出会い、ふたりがくれる刺激に触発されて、ますますストリートバスケにのめり込んでいったあの日々の記憶がよぎった。


フロアに戻ると、大ちゃん、鉄平、柊に予想通り囲まれた。

「賢太さん、今夜はMARINEちゃんご指名です！」

「さすが賢太さん！　あんなクールビューティでもあっという間に距離詰めてましたね！」

一様に詰め寄られ、自分の思惑とは違うんだけどなあと思いつつ、俺はわざと答えをはぐらかした。今夜の美味しい獲物にありつけたと思っている3頭のハイエナどもに、これからじっくりと予想外のご馳走を放ってやることにしよう。

「まあまあ、落ち着けって」

「うわ、めっちゃすかしてる！」

「どんな話したんだよ」

「どんな話って言われてもなあ」

「めっちゃ焦《じ》らすじゃん！」

ハイエナどもの目が一層らんらんと光り輝く。絶対に獲物を逃さないという鬼気迫る迫力が伝わってくる。口元からはいまにもよだれが垂れてきそうだ。

「何話したか聞きたい？」

「聞きたい!!」

一旦待てをして、一呼吸置いて俺は勢いよく切り出した。

「DJ MARINEから、ショウタイムのお話いただきました!!」

「そっちーーー!?」

全く予想していなかった角度のご馳走に3人は驚きながらも、すぐに頭を切り替えて、内容の確認に入った。

「いついつ？」

「再来月に横浜のRONRICOだって」

「RONRICO？　あそこダンスイベントやってんの？」

鉄平も俺と同じことを思ったらしい。

「MARINEの師匠がRONRICOのオーナーで、もっとダンサーが集まるハコにしたいみたいよ」

「そうなんだ。RONRICOがそうなったらいいよな。あれぐらいのキャパの横浜のいいハコってあんまないもんな」

「だよな。しかも、知ってた？　MARINEって横須賀出身だって」

「そうなの⁉　どこどこ？」

「衣笠だって」

「近っ！」

「同じ横須賀だし、なんか親近感湧いちゃってさ。しかもあの人、クールっぽく見えるけど、俺たちみたいなタイプと話すの嫌いじゃなさそう。クラブで回す時盛り上げに行きますよって言ったらすげー嬉しそうだったもん」

「なるほど。ああ見えて心の中には獰猛《どうもう》なパーティアニマルを飼ってらっしゃるってことねー、了解！　俺が首輪つけて調教してやる！」

「さっすが大ちゃん！」

「でもMARINE、大ちゃんより背高いから、首輪つけるのに大ちゃんの手じゃ届かないかも」

「柊、ちょっと脚立持ってこい！」

「オッケー！　はい大ちゃん、脚立です」

「そうそうこれをグイッと飲んで、ってこれテキーラ!!　全然脚立と関係ない!!」

ひとしきり大ちゃん劇場が繰り広げられたあと、３人をＭＡＲＩＮＥに紹介して、ＰＲＩＭＡＬ ＩＭＰＡＣＴの再来月の出演が正式に決まった。


この４人で初めてショウタイムをしたのは横浜だったが、その時はチームというよりは一過性のユニットのような意識が強く、いまほどチームの結束力も高くなかった。お互い探り探りな部分も多かったが、いまはその頃とは全く違う。この４人でダンサー業界で一旗揚げるという意識が共通認識として生まれていた。だが、志は高くても、ＰＲＩＭＡＬ ＩＭＰＡＣＴの名前は横須賀でようやく知られ始めた程度。目指す場所まで到達するには、ＲＯＮＲＩＣＯのイベントで大きなインパクトを残すことがまずは重要になると４人共が感じていた。それに加えて、俺の中にはＭＡＲＩＮＥに認められたいというまた別の欲求があった。


「ＲＯＮＲＩＣＯのショウタイムさ、ど頭からソロで始めるのどう?」

ショウタイムの音源を決めている時に鉄平が言った。

「ソロから?　合わせる前に?」

鉄平の考えに疑問を抱いたようで、大ちゃんが訊いた。

「そう。次のイベント、けっこう勝負だと思ってて。これまでにやったことないことでインパクト出すにはどうしたらいいかなってずっと考えてたんだけど、最初からいきなり全員ソロやってるチームってあんまりなくない？　横浜の客に挨拶代わりにそれぞれソロからかますのいいかなと思ったんだけど」

予想もしていなかった鉄平からの提案に大ちゃん、柊、俺は黙り込んだ。

「ダメかな？」

「ソロ始まりっていうのも面白いけど、最初が肝心だと思うから、4人で大きく踊って全員のグルーヴ感で見せていったほうが客は摑める気がする」

大ちゃんの言うことももっともだ。

「どっちもアリだと思います。合わせで始めるのは俺たちらしさが出ると思いますし、もしソロ始まりだとしたら順番がかなり大事になりそうですよね」

柊が続いて答える。

「順番までは考えてなかったな。もしそうするとしたら、誰からがいいかな？」

「鉄平からがいいんじゃない？」

俺は鉄平の話の終わりを待たずに言った。

「鉄平が最初にしっかり踊って盛り上げて、次に俺がちょっとマニアックなことやって、柊がテンション高めの音でステップ踏んでから、最後に大ちゃんがアクロバットやって、4人が集まるみたいな」

「なるほどね。それいいかも」

「うん、いいですね。大ちゃんどうですか？」

「そんな綺麗に流れ決められちゃったらもう断れないじゃん！　俺が最後にバク宙すれば良いんでしょ!?」

「そういうこと！　大ちゃんのバク宙にかかってるから」

「オッケー、やりまーす！」

ソロから始まるということはある意味、個人の実力が相当に試されるということだ。ショウタイムの立ち上がりはどうしても客の意識を引き寄せづらい。名前の通ったチームなら話は別だが、俺たちのような新参者にとって、出だしの印象はかなり重要だ。踊りだけではなく、選曲、衣装、チームの雰囲気、その日の客のテンション、全てが絶妙なバランスで絡み合うことが必要になる。4人なら出しやすい勢いも、ソロだったら、そこにかかる重圧は4倍どころではない。絶対に下手を打てないこのタイミングで、あえてその選択をした鉄平の勝負勘に俺はこの先何度となく助けられることになる。

その日の帰り、俺は鉄平とふたりで牛丼屋に寄った。券売機の前でメニューを見ながら考えていた鉄平が、ニヤニヤしながらこちらを振り返った。勝負の誘いだ。

「最初はグー、ジャンケンポイ！」

勢いよく出した俺の渾身のチョキが、自信満々に広げている鉄平の掌を切り裂いた。

「ぐわ！　マジかー」

「ごちそうさまです！」

使い込んだレザーの小銭入れから５００円玉を渋々券売機に投入する鉄平。その姿は先ほど革命的なアイデアを成立させた人間とは思えないほど悲愴感《ひそうかん》に溢れていた。

「鉄平さん、生玉子もいいですか？」

「それは別だろ！　牛丼だけ」

「ちっさ、50円ケチるって」

「……わかったよ。好きなもん押せよ」

こういう時の鉄平の扱い方はお手の物だ。プライドを少しだけ突ついてあげればいい。

目の前に出された牛丼に紅生姜を山盛り乗せて、その上から七味を振りかける。少しでも腹に入れる量を増やすべく、無料の紅生姜は俺たちの救世主となっていた。一礼して、熱々の牛丼と冷えた紅生姜を勢いよく口に運ぶ。牛丼単品だと、できたてはかなり熱いので、紅生姜で食べやすい温度にコントロールするという猫舌なりの狙いもある。ほろほろに煮込んだ牛肉の旨味と、シャキシャキの紅生姜の酸味を、ひたひたに煮汁に浸ったほかほかの白米が受け留める。今日はそれに加えて、生玉子が上からかけられ、全てを優しく包み込んでいた。これで500円でお釣りが来るなんて、日本で生まれて本当に良かった。まだ海外行ったことないけど。

その時、ふと裕太のことが頭をよぎった。自分の中で海外のフレーバーを一番感じていた時といえば、裕太と過ごした小学生時代だろう。アメリカに戻った裕太はいまどうしているだろう。まだバスケットボールを続けているのか。当時バスケにハマっていた俺が、いまダンスにハマっていると知ったらどう思うだろう。

「何ぼーっとしてんの?」

不意にかけられた鉄平からの声で、まだ見ぬ海外に向けて飛んでいた感情が牛丼屋のカウンターに戻る。

「あ、牛丼ってやっぱうまいなーって。この安さでこの味は神だよな」

「しかも今日はタダだしな」

「あざーーーっす!!」

「それはさておき、今日話したソロから始まる件、ぶっちゃけどう思う?」

鉄平の表情がすこし緊張を帯びた。みんなの承認は得たものの、まだ幾許《いくばく》かの迷いもあるようだ。

「俺は全然いいと思うよ。いつも通りやったらそれはそれで安全だけど、新しいことにトライするほうが俺は好きだし、RONRICOっていう、勝負のタイミングでそれをぶつける感じはなんかドキドキするよね」

「そっか、賢太がそう言うなら大丈夫か」

鉄平に信頼されている感じがして、密かにジーンとしてしまった。鉄平は胸のつかえが取れたのか、残っていた牛丼を勢いよく平らげた。

PRIMAL IMPACTを結成してから半年あまり、ただひたすら楽しいことを追求してきたが、RONRICOのイベントへの出演が決まってから、チームの中にはそれまでなかった緊張感が漂うようになっていた。選曲に関しても、ただ使いたいからとか、かっこいい曲だからとかではなく、その曲を使うことにどんな意味があるのかを全員が自然と考えるようになった。

そんな時に、一つのアイデアが浮かんだ。これまではそれぞれが使いたい曲を何曲か持ち寄り、それを組み合わせてショウタイムとして気持ちのいい流れを作るという手法をとっていたのだが、今回に関してはソロから始まるという新しい試みなので、音源制作に関しても何か新しいトライをするべきだとずっと思っていた。個人がフィーチャーされながらも、グループとしてのまとまりが出るような方法はないものか。ダンスでグループとしてのまとまりが出ないならば、音源でまとまりを感じさせるのはどうか。そう思った俺は他のメンバーにそのアイデアを伝えた。

「今回の音源なんだけど、同じアーティストの曲縛りでやるのはどう?」

「どういうこと?」

大ちゃんが不思議そうな表情を浮かべながら尋ねる。

「例えばウータンを選んだらウータンの曲だけ、トライブにしたらトライブの曲だけでショウタイムの音源を作るってこと」

「そうすると全部似たような曲になったりしない?」

「それは選ぶアーティスト次第だと思う。曲調の振り幅が大きいアーティストを選べば、いろんな表情は出ると思う。今回はソロ始まりでかなり個人がフィーチャーされるじゃん? でもグループとしてのまとまりは欲しいと思ってて、だったら曲のほうで統一感を出せばそれも解消されるかなと思って」

「なるほどね。それは確かに新しい試みで面白いかも」

鉄平が同意したことにより、大ちゃん、柊もそれに続く形となった。

俺たちが好きなヒップホップの曲はたくさんあるが、全員がこの曲だけは間違いないという曲がある。

Pete Rock & CL Smooth の「The Creator」。

俺たちより世代が上のダンサーたちがこぞってこの曲をショウタイムで使っていたこともあり、イメージがかなり浸透している曲なので、そう簡単には使えないという暗黙の了解がある。それを、あえて使う。しかも、それをＲＯＮＲＩＣＯのタイミングでやることが、ＰＲＩＭＡＬ ＩＭＰＡＣＴにとって最善の選択なのではないかという話になった。むしろこのタイミングを逃すともう使えなくなるのではという意見も出た。ショウタイムの曲選びはそのチームのセンスに関わる。「The Creator」を使うことで、見事と思われるか、やっちゃったなと思われるか。こればかりはタイミングとチームの実力と、あとは運にかかっている。果たして、勝負となるＲＯＮＲＩＣＯのショウタイムは Pete Rock & CL Smooth 縛りでいくことになった。

ショウタイム用の音源が完成し、振り作りのために部屋で過去の映像をチェックしていると、携帯電話が鳴った。

なんとMARINEからだ。

俺はドキドキしながら通話ボタンを押した。

「MARINEさん、お疲れさまです」

「賢太、お疲れさま。ショウタイムの準備どう？」

「いい感じに進んでます。昨日ちょうど音源が仕上がって、これから練習に入るところです」

「そう、良かった。楽しみにしてるね。話は変わるけど、今晩暇？」

突然の誘いにあらぬ想像をしてしまいながらも、平静を装いながら答える。

「暇ですよ。何かありましたか？」

「渋谷のHUDSONで回すんだけど、海外からPete Rockがゲストで来るんだよね。もし良かったら遊びに来ないかなと思って」

こんなことある？

ショウタイムの音源をPete Rock縛りにした上で、音源作りの段階で聴きまくったPete Rockが来る？

しかも今夜？　俺は慌てて時計を見た。あと数時間じゃないか！

この時ばかりは引き寄せの法則って本当にあるんだと信じざるを得なかった。

「マジすか!?　絶対行きます！」

「オッケー、いまって横須賀?」

「そうです」

「私もいま横須賀にいて、夜11時頃にこっち出て車で渋谷向かうから、良かったら一緒に行く?」

なんてこった。これはクラブイベントにかこつけた完全なるデートの誘いだ。と、勘違いできるほどに俺は舞い上がっていた。

「お願いします!」

電話を切ると、さっきまでMARINEと話していた感覚が、ひとりっきりの部屋でふつふつと高揚感に変わっていく。ベッドにダイブし、身体の中のむず痒いものを吐き出したくて、枕に頭を押し付けて叫んだ。違う、違うぞ。そんなことはないはず。あくまでクラブに一緒に行くだけだ。今度のイベントに出る出演者だから、気を遣ってくれているだけだ。同じ横須賀だし。でも……わざわざ電話くれるってことは、全く気にしてないわけでもないだろう。そんなことを悶々《もんもん》と考えながら気がつくと夜になっていた。

家の近くの約束の場所にMARINEは時間通りに現れた。真っ黒いベンツのSUVの窓からサングラスをかけたMARINEがこちらに向けて手を振る。薄暗い車内からヒップホップの音が漏れ、静まり返った住宅街で明らかな異彩を放っている。

「お疲れさまです！」

「お疲れ。急な誘いでごめんね」

「いえいえ、全然大丈夫です！　むしろありがとうございます。Pete Rockが来るなら是が非でも行きたいです。それにしても、車、めちゃくちゃかっこいいですね」

「ありがとう」

そう言うと、MARINEは煙草《たばこ》に火をつけて勢いよくアクセルを踏んだ。

住み慣れた街がいつもとは全く違う景色に見える。

いつか自分もこんな車に乗ってクラブに乗りつけたい。

車は横浜横須賀道路から第三京浜へと入る。車のスピードがグッと上がった瞬間にMARINEが音楽を変えた。

「これ一番最近のミックス」

流れてくる音と車のスピード、目的地に近づいてきた高揚感が絶妙に絡み合っていく。たまらず俺は音量を上げた。さすがベンツ、大音量にしても音割れは皆無だ。

「このミックス最高ですね！」

助手席でひとりノリノリの俺を見て、MARINEはどうぞお好きにとでもいうかのような放任主義的な姿勢を貫いている。

深夜の道路は驚くほど空いていて、時間にして50分程度、あっという間に車は道玄坂《どうげんざか》へと差し掛かり、HUDSON近くの駐車場に停まった。いつもはチームメンバーと連れ立ってクラブに入ることがほとんどなだけに、女性と一緒にクラブに入る時の振る舞いに悩む。しかも相手は俺よりも遥かに格上だ。HUDSON前に集まっているクラバーたちが一斉にMARINEに視線を向ける。その視線にまるで気づいていないかのように、MARINEはクラブの入り口に向かって悠々と歩いていく。セキュリティがMARINEを顔パスで通した後に、俺の前に立ちはだかった。

「一緒だから」

MARINEの一言で、セキュリティの殺気を帯びた肉食獣のようなオーラはすっと鳴りを潜め、俺の前に道が開けた。どうもすみません。借り物の優越感に浸っております。

HUDSON内は人でごった返していた。ちょうど1年前の年末のSHOWCASEの時よりも人が多いんじゃないだろうか。MARINEと別れ、今日の雰囲気を感じにフロアへと向かう。その日のゲストDJによって客層はガラリと変わる。今日はPete Rockのプレイを聴きに来ている音好きが多い印象だ。

クラブ内のボルテージが一段上がった。

MARINEの出番だ。

SHOWBIZ AREAの時とは全く違うメロディアスなR&Bが響きわたる。おそらく今日の客層をしっかりと意識しているのだろう。一癖も二癖もありそうなお客たちは、MARINEの選曲をじっくりと味わいながら、徐々にそのペースに飲まれていく。およそ1時間のプレイを、俺は思う存分堪能した。

いよいよPete Rockの登場だ。

フロアから歓声が上がる。

HUDSONのDJブースがにわかに慌ただしくなってくる。何かこれからすごいことが始まる。そんな期待をせずにはいられなかった。ブースの上手からひとりの黒人が取り巻き連中とシェイクハンズしながらやってくる。

Pete Rockだ。

クラブ内は割れんばかりの歓声に包まれた。

登場するだけでこんなに多くの人間が狂喜乱舞するって、一体どれだけすごい人なんだろう。Pete Rockはブース中央まで来ると、右手を高く突き上げ歓声に応え、マイクを取り、叫んだ。

「トーキョーーーーー!!」

叫びとともに怒濤のスクラッチが始まった。

これまでに聴いたことのない……スクラッチはその場のアドリブでやることがほとんどなのでもちろん同じことは二度とできないのだが、これまでに味わったことのないフレーバーに満ち溢れたスクラッチだった。次にどんな展開がくるか全く予想がつかず、その意外性に興奮させられっぱなしの時間が続いた。日本人DJとは根本的に何かが違う。練習を重ねて上手くなったわけではない、ヒップホップのルーツとなる場所で生まれ育ち、常に音楽と共に生きている人間ってこういうことなんだ。言葉では上手く説明できないが、自分の中には確かな実感が生まれていた。

アメリカに行こう。

行かないとわからないことがきっとある。

クラブ内のうごめく群衆の中で、俺の夢が芽吹き始めていた。


「最高でしたね Pete Rock!!　あ、もちろんMARINEさんの次にですよ」

明け方の第三京浜をMARINEが運転する車の助手席に座り、明らかに取り繕ったようなお世辞を言う俺に、MARINEは全く気にすることもなく応えた。

「やっぱり全然違うよね、日本人とは」

「そうですよね!!　なんか違うんだよなー、あれってなんなんですかね？」

「血」

「血ですかやっぱり」

「生まれた頃からストリートの感覚があるからね」

「そうですよね。羨ましいなー、俺も黒人に生まれたかったですよ」

「なんで？」

「なんでって……踊りも上手いし、音楽の感覚も優れてるし、正直日本人ってダサいじゃないですか。黒人は何してもカッコいいですもん」

「そうだね」

そう言うと、ＭＡＲＩＮＥは視線を前方に戻した。

５分は沈黙が続いただろうか。静かにＭＡＲＩＮＥが口を開いた。

「日本人ってかっこいいよ」

「え？」

「私、家の関係で日本舞踊やってて、昔は嫌で嫌で仕方なかったけど、いまはやってて良かったと思ってる。海外の音楽を聴くようになってＤＪを始めて、どっぷりアメリカに浸るようになって、ずっとその文化に憧れてきたけど、追えば追うほど不思議と追っていいのかな？

って気持ちになってくるんだよね」

「そうなんですか？」

「追いかけることって絶対大事だと思うんだけど、もっと大事なこともあるんだろうなって」

「それって何ですか？」

「ちゃんと言葉にして説明できるほど、私もまだわかってないから」

そう話すＭＡＲＩＮＥの言葉の奥にある何かが、いまの自分の気持ちにブレーキをかけるような気がして、それ以上深くは詮索しなかった。


「今日はありがとうございました」

「またね」

朝日が昇り始めた自宅前の通りから漆黒のベンツが走り去っていく。どこか現実感がないまま部屋に戻り、どさりと布団に横たわる。つい数時間前までフロアで浴びていた熱にまだ身体が浮かされているようだった。

ダンスにのめり込み、共に夢を追いかけることのできる仲間と出会った。少なからず自分たちの中に可能性を感じていた。だが、本物と比べると、俺たちの燃やす炎は悲しいほどにか細かった。

布団に寝転がり、見慣れた自室の天井をじっと見つめる。天井の染みがまるで夜空の星のように神秘的に見える。天井のその先に大きな空が透けて見える気がした。日本という国の横須賀という小さな街で天井を見上げている自分が、とてつもなくちっぽけな存在に感じ、たまらなく怖くなった。

ここだけで終わりたくない。世界には自分が知らないことがたくさんあるはずだ。飛び出さなければいけない。

翌日、バイト先に行くと、調理場で先輩たちが盛り上がっていた。

「おはようございます！　何かあったんですか？」

「掛田《かけだ》が帰ってきたんだよ、アメリカから」

「え？　アメリカ？」

掛田さんは大学に通いながら、バックパッカーとして世界中を旅しているアクティブな人で、お金が貯まったら旅に出て、なくなったらバイトに戻ってくる。その度に旅先でのエピソードを聞かせてくれるのを俺は心待ちにしていた。

「おー賢太か！　今回は面白かったぞー」

「アメリカのどこに行ったんですか？」

「ロサンゼルスとラスベガス。アメリカのど真ん中を体感してきたよ」

「ヤバそうっすねー、何か面白いことありました？」

「そうだな。これまでは東南アジアが多かったけど、アメリカは絶対に行っておくべきだわ。あそこはすごい！　なんかもうスケールが日本とは大違いだから、賢太もなるはやで行って体感しておいたほうがいいぞ」

「実はいま、ちょうどアメリカ行きたいなと思ってて」

「おーすぐ行けすぐ行け！　店出て駅向かう途中にＨＩＳあるだろ？　あそこで行きたい国と日程と予算伝えたらすぐチケット取ってくれるから。あと、日本の感覚で行くといろいろトラブルに巻き込まれるから、現金は最小限にしてトラベラーズチェックに替えていけ」

「トラベラーズチェック？　なんですかそれ？」

「旅行者用の小切手みたいなもんだな。支払いにも使えるし、いつでも換金できるし、無くした時は再発行してくれるから」

掛田さんの話を聞いているうちに、俺の中でアメリカに行く心構えがどんどんできてきた。貯金していたバイト代が30万ぐらいはあったはず。まずは格安航空券を取って、ある程度のお金をトラベラーズチェックに替えておくか。金がなくなったらまたバイトすればいい。

自分の中でこれをしたいというものが生まれたら、何も考えずにまずはやってみないと気がすまない。そんな行き当たりばったりな生き方がこういう時には役に立つ。

翌日、さっそく俺はＨＩＳのカウンターへと足を運んだ。

初めての海外旅行、しかもひとり旅。

最初は鉄平たちにも声をかけようかと思ったが、掛田さんに、ひとり旅の楽しさを味わえるようになると人生は何倍も楽しくなると助言されたこともあり、ひとりで行くことに決めた。

ＨＩＳのカウンターには女性スタッフがふたり。どちらも接客中だ。店の中を見回すと、所狭しと旅行のパンフレットやポスターが貼られている。武者震いを感じた。

「お次のお客様どうぞ」

接客を終えたひとりに声をかけられ、俺は緊張しながらカウンターに向かった。

「本日はどちらへのご旅行を考えられていますか？」

「アメリカです！」

「アメリカですね。ご希望の都市は決まっていますか？」

「えっと、シアトルと、もう一箇所行きたいんですが、まだ決めてないです」

行き先決まってないんだったら来るんじゃねーよと思われないか心配していた俺の気持ちをよそに、女性スタッフは笑顔でテキパキとパソコンに何かを打ち込んでいる。

「アメリカですと、一番人気のあるエリアはニューヨークとロサンゼルス。あとサンフランシスコも最近は人気がありますね。ちなみにシアトルに行かれるのが確定していて、例えばもう一箇所をこの3つから選んで、全部で1週間の旅程だとすると、チケットの料金はこちらになります。

目の前に出された紙には3パターンの金額がしっかりと提示されていた。

この短時間でこんな提案をサクッとしてくるなんて、見た目は若く見えるが、相当仕事ができるタイプだ。思わず声が漏れた。

「仕事早いっすね」

キョトンとした表情を一瞬浮かべたあと、とびきりの笑顔が返ってきた。

「ありがとうございます！」

片桐《かたぎり》さんというこの女性に俺はこのあと質問を浴びせ続けたが、嫌な顔一つせず、どの質問にも的確な答えを返してくれた。

そもそも、俺がなぜシアトルを選んだのか？

実は、裕太がいまシアトルに住んでいるのだ。小学生の時に俺にバスケを教えてくれたあの裕太だ。

初めて訪れる海外の地で友達がいるというのはとても心強いし、何よりいまの裕太がどんな人間に成長しているのかこの目で確かめたかった。いまの自分を裕太に見てもらいたいという気持ちもあった。

シアトルは地図でいうと、アメリカの一番左上、ワシントン州にある。そこから下に向かうと、カリフォルニア州ロサンゼルスだ。ニューヨークにも行ってみたかったが、今回は西でいいかという直感的な考えで、俺の初海外旅行はアメリカ西海岸を攻めることに決まった。

いざ行くと決めると、迷っていた昨日までの自分は跡形もなく消え去った。初めて行く海外、しかもひとり。全てを自分でやらなければいけない。

まずは市場調査だ。

そう考えた俺は本屋へ向かった。

旅行雑誌のコーナーの、アメリカという文字が並んでいるものを片っ端から立ち読み。

自由の女神、ナイアガラの滝、ラスベガスのカジノ……日本にはない色彩の観光地の写真が次から次へと俺の目に飛び込んでくる。とりあえずアメリカという国は大きくてど派手で、様々な人種がいるらしい。これまでに海外アーティストのミュージックビデオなどでアメリカの音楽カルチャーシーンには触れてきたつもりだが、旅行雑誌を通して感じるその土地に住む人々のライフスタイルに、俺は猛烈に興味が湧いた。

ダンサーとして本場アメリカに行って、ダンスレッスンに通うという考えもよぎったが、そうじゃない、と俺は思った。映画『ターミネーター2』で憧れた現地の若者たちの生き方、

Pete Rockのプレイから感じたヒップホップを地で行く人間から香り立つフレーバー、ダンスという表現だけではなく、その根底に流れているヒューマニズムのようなものを感じたくて仕方がない。俺は自分のそんな欲望に気がつき始めていた。

旅行ではなく実際に現地に根ざした生活を体験したい。そんな思いから、期間は大学4年の春休みを目一杯使った3週間に設定した。欲を言えば1ヶ月は行きたいところだが、航空券や現地での生活費のこと、そして帰国後またすぐバイトに戻り、休んだ分の稼ぎを取り戻すことを考えると、3週間がギリギリだった。

間近に迫ったRONRICOでのショウタイムを前に、いつも通り練習場所に集まると、柊が大きな袋を抱えてやって来た。

「ちゅす！　出来上がりましたよ」

柊はそう言うと、袋から洋服を取り出し俺たちに向かって広げて見せた。

グレーのジップパーカーの左胸にPRIMAL IMPACTのロゴが光っている。

「うおーーー、かっけえーーー!!」

感激する3人に柊が追い討ちをかける。

「パンツにはもっとデカデカとロゴ入れてみました」

パーカーより一回りも二回りも大きいロゴが、左の太ももから膝にかけて勢いよく入っている。

「おおーーー、マジやべえーーーーーー!!」

感動のあまり、語彙力を無くした俺たち3人は、やばいを連呼しながら衣装を着た姿を鏡に映して、高まる喜びを惜しげもなくシェアした。

「柊、お前はマジで天才だ！」

「そんなことないすよ。ロゴだけデザインして、それをアイロンプリントで貼り付けただけですから」

「だって、この衣装は世界に4着しかないわけだろ？」

「まあ、そういうことになりますね」

「それはありがたみがヤバいだろ!!」

柊は大学に通いながら、独学でデザインの勉強をしている。いつもおしゃれな洋服に身を包み、たまに自作の洋服を着ていることもある。PRIMAL IMPACTのファッション担当だ。

今日ほど柊と一緒のチームで良かったと思ったことはなかった。

「喜んでもらえて良かったです。Pete Rock & CL Smooth 縛りだったので衣装も揃えたほうが統一感出るかなと思って」

なんて可愛いやつだ。大ちゃん、鉄平も同じことを思ったのか、3人が柊の周りを取り囲む。

「ちょ、なんすか？」

「しゅーーーー!!」

大ちゃんの叫び声と共に、3人が同時に柊に抱きつく。

「ちょ……うわ、気持ちわる！」

照れる柊の気持ちなどお構いなしで俺たちは、感謝の気持ちを存分に表現した熱いハグを交わした。

RONRICOに向けてやれることは全てやった。あとはソロダンスで始まる構成が吉と出るか凶と出るかということだけだが、今日柊が用意してくれた衣装を着たら、いいテンションで楽しめそうな予感がふつふつと湧いてきた。


まだ寒さの残る2月の横浜元町《もとまち》商店街の石畳をRONRICOに向かって歩く。昼間は元町マダムと呼ばれるおばさま方がショッピングバッグを片手に闊歩するこのエリアは、夜になると様子が一変する。どこからともなくローライダーが集い、ダンスイベントがある日には出番前のダンサーたちがシャッターの閉まったブティックの前で音を鳴らして身体を動かす。

ＤＪ ＭＡＲＩＮＥが主催しているイベントＢｏｏｇｉｅ Ｊａｍは横浜エリアのダンサーの間で知名度が右肩上がりで、あっという間に、最も注目されるイベントへと成長していた。名を揚げたいダンサーがこぞって参加するので、出場チームもかなり多く、この日のチーム数は20チーム程度と聞いていた。ＰＲＩＭＡＬ ＩＭＰＡＣＴの出番は２部の頭ということで、時間はおそらく夜中２時前後だろう。

ＲＯＮＲＩＣＯのエントランスの前には数人のダンサーがたむろしていて、その間を抜けて地下への階段を降りる。階下から低音が響き、クラブモードへと俺を誘《いざな》う。イベントは始まっているものの、ショウタイムはまだのようだ。０時を超えたあたりのクラブタイムですでにかなりの人数がフロアで踊っている。このあと始まる１部のショウタイムの出演者たちも踊っているのだろう。横目で見ながら、ＤＪブース横の控室へ入る。決して広くはない部屋の其処《そこ》彼処《かしこ》に出演者たちの荷物が置かれている。先客に軽く会釈をしながら、自分たちのエリアを確保する。

「一度外出ようか」

３人に声をかけ、控室を出ようとした瞬間、ＭＡＲＩＮＥが現れた。

「みなさん、今日はお願いします」

「こちらこそよろしくお願いします！」

いつものMARINEと雰囲気が違う。イベントのオーガナイザーとしての顔でこちらに対応している。この辺りがしっかりしているのもMARINEっぽいなと思った。

「賢太、この前はありがとね」

「Pete Rock最高でしたね！　今日のショウタイム、絶対MARINEさんに楽しんでもらえると思うんで、楽しみにしててください」

「うん、期待してる」

そう言い残すと、MARINEはDJブースへと戻っていった。

外へ出ると、さっそく俺たちは、遊びに来た客たちに話しかけて回った。勝負所ということもあって、かなりの人数に声をかけた。自分たちがやりやすい環境作りのために、盛り上げてくれるお客の存在は必要不可欠だ。

最終確認をして、それぞれが思い思いのテンションで本番に向けて照準を合わせていく。このあたりも個性が出て面白い。

鉄平は最後まで、しっかりと振りやステップの確認をするタイプ。柊は軽く流しながら、自分の見せどころを再確認している節がある。大ちゃんはみんなと話しながら、場の雰囲気をいい方向に持っていくことを意識している。その中で俺は、迫り来る緊張と興奮をコントロールできるように、ストレッチをしたり踊ったりしながら、その日の感覚を確認する。

時刻は1時45分を過ぎた。

外の空気を思い切り吸い込むと、俺たちは地下へと向かった。

先ほどよりもクラブ内の熱気は高まっていた。1部を終え、2部への期待がより一層渦巻いているのが肌でわかる。その期待を、勝手ながら一身に受けてフロアへと向かう。客がちらちらとこちらを見ているのを感じる。

見とけよ。

今日で何かが変わる。

MCのがなり声がクラブ内に響きわたり、薄暗かった照明がショウタイム用の華やかなものへと変化する。それとともに客席から大きな歓声が上がった。

全身に武者震いが起こる。

気づくと俺は鉄平の肩に手を置いていた。

「鉄平、頼むよ」

鉄平の身体は、湿度と熱をじんわりと含んでいた。

「任せとけ」

それぞれとハイタッチを交わして、湧き起こる興奮を、身をもってシェアしていく。

何百回と聴いたPete Rock & CL Smooth「The Creator」のイントロが流れる。

その途端、客席がどよめく。

期待と不安の表れ、こうなることは予想していた。

それぞれの客が持っているこの曲へのイメージを覆して欲しいという思いと、そうして欲しくないという思いが一瞬で膨張し、交錯していく。

その渦巻いた感情を切り裂くかのように、鉄平がステージの真ん中へと踊り出た。

1対200のバトルスタートだ。

ステージ上に溜まった重い空気を振り払うかのように、鉄平が大きな動きとステップで床を踏み鳴らす。天井から落ちてくるスポットライトの下で、汗に濡れたドレッドヘアが鈍い光を放っている。「The Creator」でいきなりソロダンスをやるとは全く予想もしていなかったであろうお客の気持ちが鉄平の懸命さに揺り動かされているのがわかる。

もう少しだ。

あと少しでこちらのやりやすい空気になる。

鉄平は一番手の役割をしっかりと果たしてくれた。

ここからは俺の役目だ。

鉄平のスタイルとは打って変わって、俺は低音の太いビートに合わせて全身の筋肉を弾き飛ばす。浮遊している客の意識を俺の身体一点に集中させて、それを音と身体の振動と共に炸裂させていく。高揚感が波となって全身を包む。ソロダンスから始めるのは初めての経験だったが、悪くない。鉄平の判断は正しかったと自分の身体が理解した。

俺からバトンを受け取った柊はその恵まれた体格を生かし、しなやかに踊る。柊がデザインしてくれた今回の衣装が一番似合っているのは間違いなく柊だ。身に纏《まと》ったファッションが踊りと融合していく。お客からしたら、そんなイメージを抱くかもしれない。

ラストの大ちゃんは公言通り壁バク宙から入って、お客の目を覚まさせるような最高のインパクトを与えてくれた。そこまでやってくれたらあとはもうこっちのものだ。全員で密集して、背中を天井に向かって突き上げるように、アップのリズムを取る。ダンサー界の十八番《おはこ》ともいうべき動きで会場を一気に盛り上げると、その雰囲気の雲に乗って、俺たち4人はどこまでも飛んでいける気がした。

想像以上の拍手と歓声に包まれてPRIMAL IMPACTはショウタイムを終えた。大粒の汗が流れて、呼吸がなかなか整わない。新鮮な空気を求めて外へと避難した。外に出ると2月の冷気が心地よく身体に吹き付ける。勢いよく息を吸うと、マラソンの時に味わうような、鼻と喉の奥が痛くなる感覚に襲われた。

「よっしゃー！」

「良かったんじゃない？」

「めっちゃ盛り上がったでしょ！」

それぞれが喜びを爆発させる。言葉で語らずとも、確実な手応えが自分たちの中に生まれていた。

それぞれがソロで個性を爆発させて、それが横浜の客に受け入れられた。これまではグループとしてのまとまりを重視していたが、それに加えて新たな武器を一つ手に入れたような気がした。

クラブ内に戻ると、２部のショウタイムも終わり、そこら中で乾杯が行われていた。その中にＭＡＲＩＮＥの姿もあった。いつもはクールにバーカンで飲んでいるイメージだったが、オーガナイザーともなると、出演者への気遣いなどもあるのだろう。珍しく笑顔で談笑している姿が見えた。

「賢太！　乾杯しよう」

俺の姿を見つけたＭＡＲＩＮＥが声をかけてきた。

「お疲れ様です！　どうでしたか？」

ショウタイムの感想を聞きたくて仕方ない俺に、ＭＡＲＩＮＥが答えた。

「良かったよ。はいこれ。みんなもう一回乾杯しよ」

「かんぱーい!!」

感想も早々に、その場にいる全員で乾杯する流れになった。ショウタイム後の汗をかいた身体にテキーラが染み渡る。MARINEに感想の続きを聞きたかったが、知り合いと話し込んでいる様子で、割って入れる雰囲気ではない。

少しフロアで踊るか。

気持ちを切り替えてフロアに向かうと、3人がノリノリで踊っていた。今日のショウタイムがいい感じだったので、ここぞとばかりにフロアで踊ってさらにアピールをしている。

その輪に入って注目を浴びて踊りながら、今日の自分たちのパフォーマンスは間違っていなかったと、あらためて思った。


RONRICOでのショウタイムが終わってから、俺は本格的にアメリカ旅行の準備に入った。シアトルでは裕太の家に泊めてもらえることになったので、とりあえず心配はなさそうだ。その後のロサンゼルスはひとり旅なので、最低限どこの宿に泊まるかは考えておかなければと思い、『地球の歩き方』を隅から隅まで熟読し、旅のプランをイメージした。

出発日は3月20日。成田空港からシアトル・タコマ国際空港までおよそ9時間のフライトだ。パスポートも取得し、トラベラーズチェックも手に入れた。現地の気候も調べて、できる限りの洋服をスーツケースに詰め込んだ。

気持ちがはやって出発の3日前には完璧な準備が整っていた。

早く行きたい。

まだ見ぬ土地への期待が一日一日と大きくなっていく。

RONRICOのイベント以降、MARINEとは連絡を取っていない。アメリカに行く前に一言伝えておきたくて、メールを送った。


この前のイベントではありがとうございました。

おかげでとても良いショウタイムができました。

突然ですが、明日からアメリカに行ってきます。

シアトルとロサンゼルスでいろいろと吸収してこようと思っています。

帰ったらまたお会いしたいです。

行ってきます。


会いたいですなんて書いたら勘違いされそうな気がして迷ったが、いま俺の中に生まれているＭＡＲＩＮＥに対する気持ちは恋愛のそれとは決して違う、断じて違うぞとやけにしつこく自分の中で言い訳しながら、メールの送信ボタンを押した。

# 第三章　まだ見ぬ世界

出発当日、飛行機は夜の便だったので、夕方に成田空港に到着した。初めて訪れる成田空港は想像以上に大きかった。航空会社のカウンターが遥か遠くまで続いている。目を凝らしながらユナイテッド航空のカウンターを探す。これから日本を離れるという高揚感と緊張で、空港に着いてからずっと心臓がバクバクしている。

無事にカウンターに着き、ピカピカのパスポートを出す。初めての海外旅行で笑われていないだろうか？　そんなことばかりが頭をよぎる。

荷物を預けてチェックインを終え、保安検査場へと向かう。そのあとは初めての出国審査だ。パスポートに出国のスタンプが押され、難なくクリア。

出国審査を終えると、たくさんの免税店が並んでいる。高級ブランドからカジュアルな店まで、ウィンドウショッピングで時間を潰すには十分だった。

携帯が振動し、メールが届いた。母親からの「気をつけていってらっしゃい」という内容だった。MARINEからの返信はまだない。

搭乗は予定時刻通りに行われ、俺はシアトル・タコマ国際空港行きの機体に乗り込んだ。エコノミーシートは思ったより広く、これなら9時間快適に過ごせそうだ。

「おひとり？」

隣の席に座っているおばあさんが話しかけてきた。

「そうです。初めての海外旅行で」

「あらそうなの。初めてだとワクワクするわね」

「そうですね。でも不安もあって、ドキドキしてます」

「私の若い頃は海外旅行なんて夢のまた夢だったから。いまの人たちはいいわね」

ひとり旅で人恋しくなっていたのか、おばあさんとの会話が弾んだ。シアトルに住んでいる子供とその孫に会いに行くことをとても楽しみにしているらしく、話し始めたら止まらない。子供が外国人と結婚した時にとても不安だったことや、孫が生まれたらそんな思いも吹き飛んだという話まで、離陸する時に窓の外の景色を見ておきたかったが、そんな暇を与えてはもらえなかった。

離陸してまもなく、機内に美味しそうな香りが充満した。機内食を乗せたワゴンが通路に現れる。どんなご飯が出るのかワクワクするのとともに、脳みそはBeef or Chicken?　に対する答えを反復する。Beef, Beef, Beef, Beef……

こちらサイドのキャビンアテンダントは男性だ。笑顔で前列の客と英語でやりとりをしている。次はいよいよ自分の番だ。

「Are you Japanese?」

「Beef! ?? あ、いや……はい、日本人です！」

「あ、そうなの!? すごいね！ 牛肉と鶏肉どちらにしますか？」

「あ、ビーフで」

「お待ちください」

わずか10秒程度のやり取りで、頭の中がグルグルしている。

日本人らしからぬ彫りの深さでよくハーフに間違われるので今回もそうだろうと……いや、だからこそキャビンアテンダントの男性が、あなたは日本人ですか？ と訊いてくれたのに、Beef! と答えた自分の空回り具合に恥ずかしくなった。しかも、日本語で訊かれたのに、英語で答えるという頭の回らなさに、その場から消えてしまいたくなった。

それでも、目の前に置かれた機内食の牛肉のデミグラスソースがけ、ミニサラダ、パン、牛乳、が気になる。日本では味わうことのない海外フレーバー全開の夜ご飯に俺は興味津々でかぶりついた。味はめちゃくちゃ美味しいわけではないが、悪くない。現地に着いたらこんな感じの食事が続くのだろうと、覚悟を決めた。

食事をしながらも隣のおばあさんの話は延々と続く。ある時から、俺は相槌マシーンと化した。食べ終わって眠気が一気に襲ってきても、相槌マシーンの仕事は終わらない。もはや話の内容など頭に入っていない。ダンスで培ったリズム感だけを頼りに、おばあさんがワンエイト話したら俺がワンカウント相槌を入れる。そのルーティーンが30分以上続いて、もう眠気も収まってきた頃、機内の電気が消えた。何かと思って周りを見渡すと他の乗客は毛布にくるまり、寝始めている。消灯時間ということか。

「こんな早い時間に寝られないですよね」

おばあさんに話しかけると、しっかりアイマスクを装着して毛布にくるまり、早くも寝息を立てている。

早っ!!

ついいまのいままでめっちゃ喋ってたじゃん!!

これから俺が話す番じゃないの!?

暗闇の中でスヤスヤと寝ているおばあさんと、ギンギンに目が覚めた俺のギャップに何だか笑えてくる。

旅行を計画してからこれまで、準備にいっぱいいっぱいで考えることも多く、ゆっくりする時間も取れていなかったので、いい機会かもしれない。地上から遥か離れた上空に自分がいることを想像すると、いつもよりも客観的な目線が持てるような気がしてくる。ダンスを始めておよそ3年、いろいろあったが、いい流れになってきていると感じている反面、ずっと付きまとっている不安の正体が何なのか、わからずにいた。日々の生活の中で蓋をしてしまいがちな部分を、今回の旅では開けることになるかもしれない。

いや、開けなければいけない。

窓の外の漆黒の闇を見つめながら、その中に吸い込まれていきそうな感覚に陥ると、俺は眠りに落ちていた。

香ばしいパンの香りがして目が覚めた。

機内はもう明るくなっているが、時計を見ると夜中の2時を指している。東京とシアトルの時差は16時間と書いてあったので、いまのシアトルの時間は午前10時ということになる。これが時差というやつか。

朝食が運ばれてくる。オムレツにウインナー、サラダ、クロワッサン、牛乳。隣のおばあさんは朝から良く食べる。そこまでお腹も減っていなかったので、クロワッサン以外を食べて、クロワッサンはバッグにしまう。何かあった時のための非常食だ。

窓から外を眺めると、広大な大地が広がっている。

これがアメリカか。

今日から3週間、どんなことが待っているのだろう。

9時間のフライトを終え、飛行機のタイヤが勢いよく接地すると、初めてアメリカの大地の上に乗っている実感が湧いてきた。

おばあさんに別れを告げ、飛行機を降りる。どこに向かえばいいのか。とりあえず人の流れに乗って歩いてみる。入国審査が必要だったはず。Immigration の表示を見つけた。帰国者と旅行者は並ぶレーンが違うようだ。少し先に隣に座っていたおばあさんの姿が見えた。こっちで大丈夫そうだ。

入国審査官が目の前に迫ってくる。心臓の鼓動が速くなる。飛行機の中での失敗を思い出し、臨機応変に対応するように意識しながらも、頭の中には一つの言葉が繰り返される。

Sightseeing, Sightseeing, Sightseeing, Sightseeing……

「Next!」

黒人の入国審査官がものすごい眼力でこちらを睨みつけながら叫ぶ。なるべく平静を装いながら、カウンターの前まで行き、パスポートを差し出す。

「Business or pleasure?」

ビジネス？　プレジャー？　ビジネスではないから、これはおそらく……

「Sightseeing!」

審査官はパスポートに視線を落としながら、続けて言った。

「How long will you be staying?」

ハウロング？　ステイ？　どこに泊まるかってことか？　俺が返答に困っていると、彼は重ねて言った。

「How many nights?」

何日の夜？　あ、何日いるかってこと？

「Three weeks!」

審査官は納得したような表情を浮かべて、スタンプを押したあと、右手で行っていいぞというようなジェスチャーを見せた。予想は合っていたようだ。何とか切り抜けた。

Baggage Claimで荷物を受け取り、税関審査も無事にクリアした。外国に来るのって大変だな。毎回こんな手続きしなきゃいけないんだ。安堵感とともに、どっと疲労を覚えた。到着ロビーまでたどり着くと、たくさんの人が名前を書いたカードを持って立っている。みんな迎えに来ている人なんだろう。一つ一つ名前を確認しながら先へと進む。裕太と会うのはおよそ10年ぶりだからひょっとしたら顔を見てもわからないかもしれない。その時、前方から声がした。

「賢太!!」

声の方向を見ると、長身の髪の長い男性がこちらに向かって手を振っている。

裕太?

俺は思わず走り出した。

近づくにつれて顔がしっかりと認識できてくる。

小学生の時よりもだいぶ大人になったが、間違いなく裕太だ。

「裕太! 久しぶり!」

「おう、元気そうじゃん」

俺の中での裕太のイメージは、派手なTシャツにハーフパンツ、エアジョーダンを履いてバスケをしている小学生の頃の姿のままだ。久しぶりに会う裕太はデニムに古着のTシャツ、真っ赤なオールスターという絵に描いたようなアメリカの若者のスタイルだ。それに加えて、髪が肩にかかるぐらいまで伸びている。相変わらずこいつはかっこいい。俺は長年会えなかった恋人に会えたような興奮を感じていた。

「めっちゃ髪伸びてんじゃん」

「ああ、なんか切るのめんどくさくて。長いほうが楽なんだよね」

「そっか……」

何を話したらいいか言葉に詰まる。

「疲れてない？　アメリカ初めてだろ？　とりあえず家に行って荷物置いてから、ランチしに行こう」

そう言うと、裕太はスタスタと歩き出した。俺は荷物を持って慌てて後を追う。


「空港から1時間ぐらいだから」

白いレンジローバーに乗り込み、サングラスをかけた裕太がハンドルを握りながら言う。

道路脇に立ち並ぶ店の英語表記を眺めていると、あらためてアメリカに来たんだと実感する。

「何年振り？」

「裕太が中学校上がる前にアメリカに行って以来だから、10年ぐらいじゃない？」

「そんなに経つか。賢太は日本で大学行ってんの？」

「そう、4月から大学4年」

「じゃあもう就職だ？」

「いや、就職はしない。いまダンスやっててさ、卒業した後もダンスやっていこうと思ってる」

「へー、すげえじゃん！　どんなダンス？」

「ヒップホップだね。TONYさんっていうカリスマダンサーに習ってる」

「そうか。じゃあこっちいる間にクラブ行こうぜ。いいとこあるから」

「マジ!?　行きたい！　裕太はよくクラブ行くの？」

「んー、週末たまにって感じかな」

「俺は日本で週5で行ってる」

「週5!?　ってゆーか、日本って平日でもクラブやってんの？」

「渋谷、六本木、新宿あたりは毎日どこかしらでやってるよ」

「日本はすごいな。シアトルはダウンタウンとかは都会だけど、それ以外は田舎だからさ、けっこうのんびり過ごしてるよ」

「裕太はいまは大学？」

「そう。もうすぐ卒業で、次どうしようか考えてるところ」

「就職決まってないの？」

「まだ決まってない」

「え？　どうすんの？」

「インターン行ったり、いろんな企業調べたりしてる。ロースクールに行こうかとも考えてて。何が一番自分の力を発揮できるか勉強しながら考えてるところ」

「日本は大学3年からみんな就職活動始めて、卒業までには就職先決まってるのが普通なのに」

「そんなん無理無理！　在学中はレポートとかテスト勉強とかでやること多すぎて、就職活動してる暇なんてないよ。インターンで行ってた会社にそのまま就職する人もいるけどね。実力社会だからニーズがあればいつでも就職できるよ。その反面、日本みたいにずっと雇ってもらえる保証はないけどね」

そう語る裕太の横顔に、就職活動者特有の悲愴感は全くなかった。むしろ、それすらも楽しんでいるような、ポジティブさが窺い知れた。

車が住宅街に差し掛かり、アパートメントが立ち並ぶエリアへと入った。

「家ここなんだ。車停めるね」

駐車場を走っていると20メートルおきぐらいにアスファルトが盛り上がっている部分があり、車がガタンと揺れる。スピード出し過ぎ防止らしい。

裕太の家は2階建てアパートの2階の一番奥で、各階には5部屋ある。俺はてっきり家族で住んでいるのかと思っていたが、両親はニューヨークに住んでいて、裕太は大学のあるシアトルでひとり暮らしをしているらしい。

家の中に入ると、白を基調とした室内は奥まで廊下が伸びていて、両サイドにいくつかの部屋がある。一番手前の左側の部屋を使っていいと言われた。部屋の中にはベッドが置いてあり、そのほかは特に家具など置いていない。ゲストルームのような扱いなのかもしれない。荷物を置いて奥のリビングに行くと、裕太がお香を焚《た》いていた。スパイスの効いた香りが広いリビングに煙とともに充満していく。

「ソファ座って」

「うん、ありがとう」

「飲む？」

裕太から渡されたのは鮮やかなオレンジ色のゲータレードだった。

「うおー、懐かし！　これ昔めっちゃ飲んだよな」

「ジョーダンに憧れて飲んでたよな。いまでもこれは俺のマストドリンク」

小学校時代、裕太やケビンと毎日遅くまでバスケをしていた記憶が蘇る。当時の記憶をふたりで思い出しながら、離れていた10年という時間を取り戻すかのように、俺たちはたわいもない話で盛り上がった。

シアトル滞在中、裕太は可能な限り俺のために時間を使ってくれた。観光名所のスペースニードルやパイクプレイスマーケット、スターバックス1号店、セーフコフィールド。夜はクラブに行ったり、スポーツバーに行ったり、アメリカの醍醐味を存分に味わわせてくれた。裕太の友達とも仲良くなって、英語も少しずつ聞き取れるようになった。できることなら、このまままずっとここにいたい。叶わないとわかっていながらも、そんな希望を抱いては落胆することの繰り返しだった。

裕太の友達はいろんなやつがいた。ミュージシャン、スケーター、グラフィックデザイナー、ITエンジニア。年齢も近いやつらばかりだったが、みんなしっかりと自立している印象が強かった。自分でバンドをしながらプロデューサーとしても活動して、積極的に楽曲提供の話を進めていたり、スケーター同士集まって会社を作ってアパレルのプロデュースやパークの設営をしていたり、世界的に有名な企業と仕事をしながら夜はしっかり仲間と遊んだり、地に足をつけた状態での人生の謳歌の仕方がちゃんとわかっている姿に、俺は憧れを抱いた。

どうしたらあんなふうに充実した人生を送れるのだろうか。

あっという間に過ぎていったシアトルでの時間。最終日の夜は滞在中に出会った友達を呼んで裕太の家で盛大なパーティが開かれた。みんなが俺との別れを惜しんでくれ、またすぐにシアトルに帰ってこいと温かく声をかけてくれた。

気がつくと裕太の姿がない。家の中を探して回ると、自分の部屋のデスクでパソコンに向かっていた。

「裕太？　何やってんの？」

「ああ、ごめん。いいなと思ってる企業から連絡が来てたから、返信だけしようと思って。こういうの早いもん勝ちだからさ」

「そっか」

俺はなんだか、自分の心がざわめくのを感じた。裕太は、こんなパーティの合間でもすぐに気持ちを切り替えて、当たり前のように未来に向けて努力をしてるんだ——。

果たして俺に、それができているだろうか？　裕太の後ろ姿を見つめたまま、その場から動けなくなった。

「よし！　オッケー！　お待たせ、戻ろう」

「あのさ……俺ダンスやってて大丈夫かな？」

これまで心のどこかに張り付いていた不安が、無意識のうちに口からこぼれ落ちていた。

「え？　どうした急に？　ダンスで生きていくんだろ？」

「そう思ってんだけど、俺も就職したほうがいいのかな？」

頭の中に大学の同級生たちの顔が次々に浮かんでくる。

「就職は……してもいいと思うけど、好きなこと見つけたんだろ？　だったらそれを仕事にしたほうがいい。その世界でオンリーワンの存在になれたら絶対に生きていける。でもただ好きってだけじゃダメだと思うんだ。他の全てを捨ててもそれのために生きていける。それぐらいじゃないと、ここでは全然相手にされない。シビアだけど、それを乗り越えていった人はみんなその人にしかわからない感覚を手にしてると思うんだ。俺はそれを手に入れたい。まだ自分の中ではそのきっかけすら摑めてないけど、賢太は見つけてるんだから」

「うん」

言いながら「違う」と思った。

裕太が口にした「ただ好きってだけじゃダメだと思う」という言葉が耳朶《じだ》を打った。

俺の「好き」はそこまでのものなのだろうか。

裕太が思っているほどの熱さを、本当に俺は持っているのだろうか。

アメリカに来て、初めての体験ばかりで舞い上がっていたが、現実をしっかりと見つめる同世代の姿勢に触れて、これまで見ないようにしてきた自分の中にある不安がまた膨らみ始めているのを感じた。

「Kenta, Yuta, what are you doing? Come on!」

俺と裕太がいないことに気づいた仲間が呼びに来た。

「Alright! We'll be back!」

「戻ろう！　最後の夜、盛り上がろうぜ！」

裕太に背中を押されてリビングに戻る。そうだ、こんな楽しい時間に悩んでいるなんてもったいない。この瞬間を思いっきり楽しもう。俺は自分にそう言い聞かせ、叫んだ。

「I'm baaaaaack!!」

その場にいた全員から歓声が上がる。

至るところで乾杯とハグが繰り返される。

仲間との距離が近づくたびに、自分の心の空洞に蓋をするような気分になったが、今晩ばかりはそこにアルコールを注ぎ込もう。

起きたらまた考えればいい。


ロサンゼルス行きの飛行機の時間が迫っていた。裕太とふたり、二日酔いの状態で急いで空港へと向かう。

「昨日は飲んだな」

「ああ、でもめちゃくちゃ楽しかった。本当にありがとう」

「またいつでも来いよ」

「うん」

窓を開けて春先のシアトルの冷たい風を浴びる。

目を瞑《つぶ》ると、風の音が耳に突き刺さってくるのがよくわかる。

昔から耳は人一倍良かった。離れたところで内緒話をしている同級生の声も俺の耳には届いていた。

そうだ、この耳の良さだって武器になるかもしれないじゃないか。

俺はまだ、全然やり切ってない。自分のいいところだって探し切れてないのに、いまから悲観的になる必要なんてない。


裕太とのしばしの別れ。昨夜言われたことが頭をよぎる。自分の胸の内をいまここで伝えておくべきか。迷っているうちにチェックインを終え、保安検査場の前まで来てしまった。時間がない。

「あのさ……」

無理矢理出そうとした言葉はかすれて、逆に裕太からの言葉にかき消された。

「賢太、昨日俺が言った言葉……忘れてくれ」

「え？」

「今日ずっと考えてたんだけど、賢太の思っていることもちゃんと聞かないうちに、勝手に背中押すようなこと言って、的外れだった。そんなこと言われなくてもわかってるよな。賢太は自分の思った通りに進んでくれ」

「……違うよ。本当は俺、自信なんて全然ないんだ。日本の地元でちょっと名前が知られてきたぐらいで、このまま行けるって思っちゃってた。裕太とかこっちで出会ったみんなのほうがよっぽどすごい」

「そんなことないよ。これからが楽しみだな。賢太がダンサーとしてどんな人生を見せてくれるか楽しみにしてる」

裕太の心の奥行きを感じた。

がっちりと握手を交わし、再会を誓った。


ロサンゼルス行きの飛行機に乗り込み、シアトルを後にする。1週間ばかりの滞在だったが、シアトルは俺にたくさんのものを与えてくれた。その中心にいるのは間違いなく裕太だ。このタイミングで裕太に会えたことに、心から感謝した。

将来――重すぎるその言葉に怯みそうにもなるけど、でもやっぱりワクワクする。未知なる世界に心が沸き立っているのは嘘じゃない。

さあ、ここからが本当のひとり旅だ！

2時間半のフライトを終えて、飛行機はロサンゼルス国際空港に到着した。二日酔いも幾分和《やわ》らいだ。国内線なのでシアトルに到着した時のような検査はないのが、ありがたかった。到着ロビーから空港の外に出ると、カラッとした暖かい空気が身体を包んだ。4月のロサンゼルスは、シアトルよりもずっと温暖で過ごしやすそうだ。

ロサンゼルスの中で行ってみたいエリアはハリウッド、ダウンタウン、ビバリーヒルズ、サンタモニカ、ロングビーチなどいくつかあったが、まずは最初に王道のハリウッドに行ってみようと思った。空港から出ているシャトルバスに乗り込み、地下鉄が出ているAviationという駅を目指す。そこから、地下鉄を2回乗り換えて、Hollywood／Westernという駅で降りる。

地下から地上に出た瞬間に目の前に広がっていたのは、俺の中のアメリカ像をそのまま形にしたような、なんとも魅力的な光景だった。照りつける太陽の下、様々な人種が行き交い、ストリートには土産物屋や飲食店が立ち並んでいる。少し歩くと、チャイニーズ・シアター、ハリウッド・ウォーク・オブ・フェイムのような超有名観光スポットがあり、おそらく世界中から観光客が来ているのだろう、みんなカメラを片手に記念撮影に勤《いそ》しんでいる。そんな観光客からチップをもらおうと、ストリートにはハリウッドスターのそっくりさんがいたり、ミュージシャン、大道芸人などがパフォーマンスを繰り広げている。

日本の路上ミュージシャンというと、熱狂的なファンは数人、あとは通行人の冷ややかなまなざしというのがお馴染みだが、ここではパフォーマーたちのハッピーオーラに、観光客もアトラクションとして楽しんでいる節がある。

そんなストリートパフォーマーの中にダンサーふうなやつがひとりいた。黒人で、年齢は俺と同じぐらいだろうか。デッキから音楽を流して、これからショウが始まるぞとでも言っているのだろう、大声で通行人に話しかけている。数人が立ち止まると、男は踊り出した。ムーンウォークからボディウェーブ、まるでロボットのようなパントマイム。見ている客から歓声が上がる。それを聞きつけた通行人がひとり、またひとりと足を止め、10人以上が集まった。男はすみやかにスタイルを変え、客を煽るように円を描いてステップを踏み始めたかと思うと、流れでフロアムーブへと移行した。ウィンドミル、トーマスを繰り出し、最後はヘッドスピンからのフリーズ。かなりクオリティが高い。大きな歓声が上がった。

気が付くと俺は円の中心へと歩き出していた。踊り終わった黒人が俺の存在を認識して、不思議そうな表情をこちらに向けている。目の前まで歩み寄ると、俺は思いっきり踊り始めた。大きくダウンを取りながら、まずは相手を挑発。男が俺のことをダンサーだと認識したのを確認して、ステップを踏んでギアを上げる。なんだこいつは的な表情がさらに俺を燃え上がらせる。周りの観光客のことも煽りながら、ターンを繰り返した後にシフトを連続で繰り出してからゲットダウン。背中を引っ張られるようにスムーズに立ち上がってフィニッシュ。

どうだ？

男は顔を歪めながら、対抗意識を剝《む》き出しにしてきた。先ほどの踊りとは打って変わって、俺だけに踊りを見せつけてくる。相手が出し切るまでじっくりと観察し、次にどんなアクションに移行するか、瞬時に頭の中でイメージしながら相手のリズムを感じる。テンション高めのムーブで締め括ってきたので、こちらはスローモーションから入り、途中からティッキングへ変化していく。ポッピン主体の構成で、肌に照りつける太陽光線を振動させる気持ちで身体を弾く。海外にいるからだろうか、日本にいる時とはまた違う高揚感が湧き上がってくる。

気持ちがいい。

自然と笑顔がこぼれる。

不意にその黒人が手を叩きながら叫んだ。

「Okay! Okay!!」

と同時に自分が被っていたキャップを、見ていた客たちに向かって差し出して回る。

キャップの中に、その場にいた客のほとんどがお札を投げ入れた。一通り回収し終わると、その男は真顔でこちらに近づき、キャップの中から一枚のお札をこちらに渡してきた。

5ドル札だ。

「Good job, man!」

そう言い残すと、荷物を持って足早に去っていった。

5ドル稼いだってこと？

いやいや、もっともらってただろ!! 半分こしないの!?

なんかすっごいやられた気分。

同時に、ストリートで生きる人間の逞《たくま》しさに頬《ほお》がゆるむ。突然のハプニングも受け入れて、最後は自分が得する形に仕立て上げていく。日本では、「損して得とれ」という言葉があるが、アメリカでは「何が何でも得をとれ」なのだろう。

お金のことは置いておいて、とりあえずロサンゼルスでのファーストダンスはかなり感触が良かった。この調子で経験値を積み上げていこうと心に決めた。

シアトルでは裕太の家に泊めてもらったのでホテル代がかからなかったが、今日からは毎日ホテルに泊まらなければならない。手持ちの金を考えると、1泊20～30ドルで抑えたいところだ。『地球の歩き方』に載っているリーズナブルな宿はいくつか見当をつけていたので、まずはそこに行ってみるか。

地図を見ながらハリウッドの街を延々と歩いた。地下鉄、バスもあるが、自分の足で歩いて、街全体を把握したかった。いくつかの宿を巡り、最終的にたどり着いたのは中心から少し北側に外れたノース・ハリウッド・インという古びたホテルだ。1泊38ドルと少し高いが、流石《さすが》にもう歩きまわる力は残っていなかった。

トラベラーズチェックで支払いを済ませると、2階の部屋へと案内された。思ったよりも広い部屋だ。少しカビ臭いような気もするが、ベッド、テレビ、シャワーと最低限の設備は整っていたので一安心。ベッドに仰向けに寝転がって、ぼーっと天井を眺めていると、ひとりでロサンゼルスにいることを実感する。

晩ご飯はどうしよう。

シアトルにいる時は、裕太が毎晩食事に連れて行ってくれた。今日からは全部自分でやらなければいけない。いまから起きて街中で食べられる店を探すか、スーパーに行って、当面の食料を確保しておくか。

めんどくさいな。一日歩き回った疲労が一気に身体を襲う。今日はもういいか。

翌朝起きると、時計の針は6時ちょうどを指していた。昨日寝転がったそのままの姿で寝続けていたらしい。流石にお腹が減っている。シャワーを浴びて、早朝のハリウッドへと繰り出した。

朝晩の温度差が激しいのか、まだ肌寒い通りを食料を求めて歩きまわる。飲食店もスーパーマーケットもまだ開いていない。せっかくなので、あたりを散歩する。大きな通りに出ると、遠くにHOLLYWOODサインが見えた。テレビの中ではハリウッドの象徴として度々目にするが、実際に生で見ると景色の中に良く馴染んでいて、期待したような感動はなかった。

ちょうど一軒のスーパーマーケットがシャッターを開けた。日本のスーパーと違って、とにかく何もかもがデカい。野菜や果物が陳列されている量も、精肉コーナーの肉の大きさも、見ているだけでワクワクする。日本の3~4倍はありそうな牛乳とシリアル、果物をいくつか買ってホテルに戻った。

朝食を食べてから、今日一日何をするか考えた。もちろん細かくあれこれ決めるわけではなく、どこのエリアに行って何を見るか、程度の計画だ。今回は何より土地に馴染んで生活を体験して、現地に住む人の感覚を知りたいというのが一番の目的なので、なるべく地元の人と触れ合えるよう、行き先を選んだ。

ハリウッドではもう2軒、別のホテルに泊まり、昼はひたすら街を歩き、週末の夜はクラブに行った。クラブでは俺が期待するようなダンサーはいなかったが、遊びに来ていた連中とたくさん話をした。

驚いたのは、彼らが純粋に音楽が好きで通って来ているということだった。日本のクラブ、特に俺がよく行くダンサーが集まるようなクラブだと、ヒエラルキーのトップに君臨するのはダンスが上手い人であり、そういう人たちが幅を利かせていて、繋がりがないと居心地が悪かったりする。つまり誰もが楽しめるような空間ではなく、身内ノリが強いと言えば強い。

ハリウッドのクラブでは客層は様々で、恋人同士もいれば仕事帰りにビジネススーツで来ている人もいる。誰が偉いとかの雰囲気はなく、その場にいる全ての人が、純粋に音楽を楽しみ、踊って自分を解放し、明日への活力を得ているような、そんな印象だった。

日本では、ダンサーとして上り詰めたいという思いから、クラブ内でいかに目立って顔を売るかが勝負だった俺からしたら、目から鱗《うろこ》が落ちるような体験だった。

アメリカ滞在も残り1週間となり、俺はダウンタウンに宿を移した。残金が少なくなってきていることもあり、よりリーズナブルな宿を探していたら、リトルトーキョーにあるダイマルホテルにたどり着いた。ここは1泊20ドルで、宿泊客は日本人のバックパッカーや、アメリカに語学留学で来ている人が多かった。宿泊する部屋はそれぞれ個室だが、みんなが集まる小さなリビングのようなロビースペースがあり、夕方になるとひとり、またひとりと宿泊客が集まり、情報交換の場となる。

バドワイザーで乾杯をして今宵《こよい》も宴が始まる。アメリカの生活にどっぷり浸《つ》かることを目的にしていたのに、やはり日本人同士が心地いい。ひとりで過ごす楽しさはもちろんあるが、どこか寂しさが残る。そんな心の隙間にダイマルホテルはバッチリハマった。集まるメンバーも異国の地でどうしようもない寂しさを抱えながら、それぞれの生き方を模索している人たちばかりだった。

日本を意気揚々と飛び出してアメリカに来たものの、想像と違う現実に打ちのめされている人たちもいた。アメリカでの成功を夢見て、ダイマルホテルに半年以上ステイしているという。頑張って欲しいと思う反面、彼らとずっと一緒にいたらダメだと本能的に感じた。

でも自分だって同じじゃないのか？

ただ欲しているだけ。夢を見ているだけ。俺は未来に向かって歩んでいると胸を張って言えるのか？　自問自答が止まらなくなる。

同世代の友人たちが就職を決めていく中、自分だけが別の道を選択した。もちろんダンスが好きだったし、ずっと踊っていられたら最高だと思っていることに嘘はない。でもそれはダンスに人生を懸けたいというほどの思いなのか。人と違う道を選ぶことに酔っているだけじゃないのか。

ダンスを辞めていった友人たちを何もわかっていないと勝手に見限り、地元の狭いコミュニティであぐらをかいていたのに、シアトルの同世代の考えに触れ、就職したやつらのことを見直すべきだと薄々わかってきたのではないか？

自分が選んだ道はやっぱり間違っているのか。

ついに認める時がきたのか。

その時、メールの着信音が鳴った。

MARINEからだった。


返信遅くなってごめんなさい。

この前はありがとう。

期待以上のショウタイムでした。

SHOWBIZ AREAのフロアで4人を見つけた時に思った、音楽と遊んでる感じが
そのまま出てたね。

これからが楽しみ。

アメリカ気をつけて。

成長した賢太にまた会えるのを楽しみにしてます。


何度もメールを見返した。

むず痒さを感じながら、心臓の鼓動がはっきりと高鳴っているのがわかる。

MARINEは自分のことをちゃんと見てくれている。

下を向くと、じんわり涙腺が熱くなった。異国の地で現実を突きつけられ、泥沼に不時着しようとしていた俺の気持ちがフワッと上向いた。

もっと頑張らないといけない。

この人の期待に応えたい。

「賢太くん、どうしたの、急に黙り込んで？」

遠慮がちに声をかけられ、我に返った。ロビースペースのテーブルの向かいの席から、テリーが案じ顔で俺を見ている。照山《てるやま》さんだからテリーだそうで、ハリウッドで活躍する役者になりたくて、まずは語学留学をしているらしい。1週間、同じ宿で過ごしただけでわかる、気弱なまでに優しく思いやりのある男だ。自己主張の強い人が多いアメリカでやっていけるのかなと心配になるぐらいだったのだが、いまは逆に、俺がテリーを心配させてしまった。

「なんでもないです」

「ずっと携帯見てるから、なんかトラブル？」

「いや……」

「え？　泣いてない？」

「泣いてないですよ！　飲みましょう！」

涙を隠しながら談笑の輪に戻ったが、急に日本が恋しくなっている。好奇心だけで新しい世界をがむしゃらに歩き回るのもいささか疲れた。自分のベースに戻って、またイチから出直しだ。自分の心の中にある浮ついた心がスッと鳴りを潜めるのを感じながら、俺はバドワイザーを飲み干した。

# 第四章　東京デビュー

1週間過ごしたダイマルホテルに別れを告げ、俺は日本に帰国した。

シアトルで裕太と過ごした1週間が陽だとしたら、ダイマルホテルでの1週間は陰だったのかもしれない。でも、俺は初めて自分の中にわだかまっている不安の塊から逃げずにすんだのかも知れなかった。ある意味厳しい現実を突きつけられ、深く考えることのできた時間だった。

アメリカ滞在中に感じたことを大切にして、ダンスと向き合おう。

そんな気持ちでいっぱいだった。

久しぶりに会うPRIMAL IMPACTのメンバーたちからはアメリカのことについて質問攻めにあった。チームを更なるステージへ押し上げていきたい、そんな思いを胸に秘め、話す言葉にも熱が入った。

RONRICOのショウタイムは各方面に好評だったらしく、俺がアメリカに行っている間に、いくつかのショウタイムのオファーが来ていたようだ。

帰国したことをMARINEに報告しようと思った。アメリカで自分が体験したこと、思ったことをMARINEに聞いてもらいたい。MARINEと話したら、まだ固まりきっていない自分の意志も明確に定まるような気がした。


日本に帰って来ました。

シアトルとロサンゼルスでとてもいい経験ができました。

くらったこともたくさんあって、またイチから頑張ろうと思います。

MARINEさんが言っていた、追えば追うほど追ってていいのかなって気持ちになってくるって、ちょっとわかった気がします。

自分にとって大事なことって何なのか、しっかり考えます。

MARINEさんとまた話したいです。


書きたいことはたくさんあったが、あまり長くなるとうざいと思われそうだったので、簡潔な内容で送った。

驚いたことに、すぐに返事がきた。

おかえり。
来月、渋谷DOPEのイベントに出ない？

MARINEから送られてきた内容を何度も見返した。
渋谷？　DOPE？
これってショウタイムのオファー？　しかも東京で？
ついに東京でショウタイムができるという喜びで身体が震えた。

本当ですか⁉
出たいです！
ぜひよろしくお願いします‼

すぐにPRIMAL IMPACTのメンバーに連絡した。もちろん異議なし！
いよいよPRIMAL IMPACTが東京に進出する。新しいショウタイムをまたしっかり作らなければ。
4月になって屋外での練習もやりやすくなり、俺たちはさっそく4人で集まった。

今夜の練習場所は、青龍苑《せいりゅうえん》という中華料理屋の前。横須賀の町に深夜練習ができる場所はいくつかあるが、この青龍苑のガラスが一番映りが良いので、俺たちはこの場所を気に入っていた。自動販売機も真横にあってちょうどいいのだが、一つだけ問題があった。音を大きくしすぎると上の階から水が降ってくるのだ。

五階建てのビルの二階より上は賃貸マンションになっているのか、夜中になってもいくつかの部屋から明かりが漏れていて、その中の四階の右から二番目が問題の部屋だった。この前なんて飲みかけの缶ビールが降ってきて危うくぶつかるところだった。落ちてくる時に聞き取れない叫び声が聞こえてくるので、恐らく日本人ではないだろう。横須賀には米軍の基地があるので、街中を歩く外国人の数がとても多く、ダンスをしていると酔っぱらった彼らから絡まれることも日常茶飯事だったので、水をかけられようが缶ビールを投げつけられようが、俺たちのほうも慣れたもの。むしろ、笑い話のネタの一つといえた。

青龍苑の上なので、俺たちは見えないそいつのことを「セイリュウさん」と呼んでいた。持参したデッキをいつもの場所に置いて、俺はみんなに尋ねた。

「今日はセイリュウさん、ボリュームいくつまでいけると思う？」

「んんー、この前18にした瞬間出てきたからなー、16あたりで様子見てみる？」

「そうしよか！」

音量を16にセットしてデッキの再生ボタンを押すと、Wu-Tang Clanの「Wu-Tang Clan Ain't Nuthing Ta F' Wit」が勢いよく流れ始めた。それぞれ音に合わせて身体を揺らしながら、軽く踊っていると、大ちゃんが言った。

「来月のMARINEさんからの話、やる内容どうしようか？」

「東京一発目だからやっぱりインパクト勝負でいきたいよね」

はりきって答えると、皆の顔がくもった。

「イチから考えるほどの時間はないですよね？」

「そうだな。柊が言うようにあんまり時間ないし、RONRICOのネタ評判良かったから、あれもう一回やってもいいかもね」

と、鉄平が答えた。

「え？　あれはあくまで横浜用で、東京でやる時はもっとチーム感強めのほうがいいんじゃない？」

「あれはあれでいいチーム感出てたと思うけど」

「評判良かったですしね」

あれ？　おかしい？

大ちゃんの顔を見ても、こちらに賛同しているようには感じない。

俺は初めて、3人との間に距離を感じた。

時間がないとは言え、チャレンジをしないのはどうなのか？　率直な気持ちを伝えたくなったが、以前、ミッチーと同じようなことで口論になったことが頭をよぎり、それ以上言葉が出なくなった。うん、確かにRONRICOのネタのクオリティをあげるという方向だってアリだ。そのほうがいい。

「そう……なのかな。俺はRONRICOの後、すぐにアメリカ行っちゃったから、どんな評判が来てたか詳しくわかってないけど、みんながそう言うなら」

そう言って、自我を押さえつけた。

久しぶりに3人と一緒に踊る感覚を確かめながら、振りの確認を始めて、徐々に全員の波長が合ってきた時だった。後ろから突然声をかけられ、俺たちは一瞬固まった。

「こんばんは」

目の前に立っていたのは警察官だった。

駅前で深夜に練習をしていると近くの交番の警察官が注意をしにくることはあるが、青龍苑は繁華街からかなり外れたところにあるので、これまでは、セイリュウさん以外からは一度も注意を受けたことがなかった。

「あ、どうも」

一番近くにいた柊が答えた。

「ダンスの練習？」

「はい、そうです。まずいですか？」

俺たちひとりひとりの顔をしっかりと見ながら、その警察官は答えた。

「うん、そうだね。良くはないかな。近くの住人の方から苦情が入ってね」

俺たちは顔を見合わせて、きっと恐らく全員がまだ見ぬセイリュウさんの顔を思い浮かべていた。

「じゃあ、どいたほうがいいですか？」

大ちゃんが恐る恐る尋ねる。

「君たちはこのあたりに住んでるの？」

「そうです。みんな横須賀です」

「そうか。免許証か身分証明書って持ってるかな？」

何も悪いことはしていないつもりだったが、身分を明らかにするよう求められると、途端にばつが悪くなってくる。全員分の免許証を確認したあと、警察官はこれまでとは打って変わって明るい声で言った。

「オッケー大丈夫！　身元もわかったし、練習続けていいよ。ただ音量は上げすぎないように！　あとゴミはちゃんと持ち帰ってね」

予想もしなかった言葉に俺たちは一瞬戸惑ってしまった。

「え？　いいんですか？　なんで？」

「なんでって、ダンス好きなんだろ？　いいじゃない！　好きなことに打ち込めるって。君たちみたいな若者が熱中できることがあるって素晴らしいじゃない！」

なんて話のわかる人だ。きっと全員がそう思った。警察官は30歳過ぎぐらいだろうか。よく見ると自分たちとそれほど歳が離れている訳でもなさそうだった。そんなことを思っていると横でガチャンと音が鳴った。大ちゃんが自動販売機でジュースを買っていた。

「これ良かったらどうぞ。すみません、大目に見てもらって。ありがとうございます」

警察官は驚いた顔で言う。

「えーー、いいの!?　こんなことあんまりされたことないから、なんか嬉しいなあ。実はさ、君たちに声をかけるの正直ちょっと怖かったんだよね。ダンサーの人って怖いイメージがあったからさ。ダンサーにもいい人がいるんだね」

突然の告白を聞いて、その場の雰囲気は一気に柔らかくなった。

「僕たちなんか全然怖くないですよ！　こんなドレッドとかしてるからすごい怖がられることもありますけど、話せばめっちゃいいやつですよ！」

「いや自分で言うなって!!」

大ちゃんが謙遜なのか自慢なのかよくわからないことを話しているうちに、緊迫した状態からいつも通りのペースに戻った。

「じゃあ気をつけてね。僕は横須賀警察署の田畑《たばた》って言います。何かあったら連絡ください」

「田畑さん……、ありがとうございましたーーー!!」

高校球児が部活終了後にグラウンドに向かって挨拶をするかのように、俺たちは田畑さんに向かって深くお辞儀をした。


「いやー最初ちょっと焦ったわー。交番連れて行かれるかと思ったよ」

「マジ焦った。でもいい人で良かったな」

「警察官が全員ああいう人だったらいいのになー」

「あんな話わかる人、滅多にいねーだろ」

「そんなわかったふうなこと言っちゃって。鉄平、我関せずみたいな顔して全然しゃべんねーし！」

「俺は冷静に状況を見てたの。こういう時は大ちゃんに任せるのが一番だから」

「俺いっつもこういう役回りばっかり」

「でも、嫌いじゃないでしょ⁇」

「うん、嫌いじゃない‼ ってそれ言わせりゃいいと思ってんだろー‼」

緊張感から解き放たれ、みんなに笑顔が戻る。

「なんか、安心したら一気に疲れたな。今日はもう上がっとく？」

鉄平が言った。

「もう？ まだ確認するとこあるよね？」

「この前、一回やってるから大丈夫じゃない？ 確かになんか踊る気が萎《な》えちゃった。デニーズ行く？」

大ちゃんからも賛同する声が上がる。こうなると、柊も乗ってくる。

「いいすね。小腹減ってきましたし」

3人が帰り支度を始める背中を見て、俺はふつふつと自分の中に湧き上がるものを感じていた。

「あのさ……」

その時、
ガシャーーーン‼

深夜の横須賀の街に、鈍い音が鳴り響いた。

「うわっ!!　ビックリした!!」

驚いて音がしたほうを見ると、バドワイザーの缶が無残な姿で転がっていた。

「やべっ!!　セイリュウさんだ!!」

「*************!!!!!!」

「早く逃げろー!!」

俺たちは慌てて荷物をまとめて、その場から走り去った。

3人はそのままデニーズに向かったが、俺は明日が早いと嘘をついて、皆と別れた。


いよいよPRIMAL IMPACTが東京進出を果たす日がやってきた。

あの日以来、3人とは会っていない。練習を持ちかけたがスケジュールが合わず、結局一度も集まって練習できなかった。

部屋を出てリビングに行くと、テーブルの上に焼き鮭の朝食が置いてあった。炊飯ジャーから熱々のご飯を茶碗によそって、鮭と一緒に一気に頬張る。

「そろそろ家出なきゃな」

大学は通える距離だったので、ひとり暮らしはせずにいまでも実家暮らしを続けている。でも就職する気のない息子と、就職を望む親との関係は他人が思うよりもずっと険悪だ。俺はいつからか実家を出てひとり暮らしをすることを考えるようになっていた。東京のイベントでいい結果を出せれば、そこからダンスで食べていく活路がきっと見出せるはず。夜の本番を前に自分の中で静かな炎が燃え上がっていた。

クラブのオープンは夜11時だが、イベントの出演者はオープン前にリハーサルをする。俺たちは8時に渋谷駅で待ち合わせをしてDOPEに向かった。普段は夜中0時を過ぎてからしか行かないので、こんなに早く行くのは初めてだ。

お馴染みのエントランスを抜けて地下に降りていくと、営業前のDOPEはまだ明るく、いつもはあまり感じることのない、染み付いた煙草の匂いや、床の汚れが目についた。バーカウンター内でオープン準備をしているスタッフに大ちゃんが話しかける。

「お疲れさまです。今日のイベントに出演するPRIMAL IMPACTです。リハーサルをしに来たんですが」

話しかけられたスタッフは明らかに面倒臭そうな表情を浮かべながら言う。

「ステージ横のブースにいるスタッフに訊いてみて」

「ありがとうございます!」

バーカウンターを横目に奥へと進むとステージが見えてくる。ブース内のスタッフに声をかけて、リハーサルの説明を受ける。

久しぶりに合わせる感覚は思ったよりも良く、俺は自分の心配が杞憂《きゆう》に終わったことに感謝した。

本番まではまだかなりの時間がある。腹ごしらえのために俺たちはDOPE近くのファミレス「Jommy's Mama」で夜ご飯を食べ、ドリンクバーで夜中まで粘ることにした。

メンバー全員が平常心を装いながらも、今夜の東京デビューに向けて程よい緊張感を保っているのが伝わってくる。柊は今夜呼んでいるお客の対応のためか、外でずっと電話をしている。大ちゃんがトイレに行った瞬間を見計らい、俺は鉄平に尋ねた。

「どう、調子は？」

「ああ、全然いいよ。練習しすぎず、新鮮な感覚で臨めそう」

「俺はもうちょっと練習したかった」

「大丈夫だろ」

そう答える鉄平の余裕に俺の中でまた、押し潰したはずの不安が頭をもたげてくるのを感じた。

本番の時間が近づいてくる。俺たちはクラブの入り口の横で振りの流れの最終確認をしてから中に入った。通い慣れているはずの場所なのに、今夜ばかりはどこかアウェイにいるような気がした。

客もこの前のRONRICOと同じぐらい呼んでるし、ショウタイムが始まったらやりやすい空気になるはずだ。そんな期待を抱えながらステージ横まで人混みをかき分けて移動する。ブースの中にMARINEの姿が見える。実際に会うのはRONRICO以来だ。

MARINEの期待に応えたい。その思いが改めて湧き上がってくる。

PRIMAL IMPACTの名前がコールされた瞬間、いつもと変わらないクールな笑みをこちらに向けるMARINEと目が合った。

クラブ内に「The Creator」のイントロが響きわたる。客席はわずかにざわついただけだった。重苦しく感じた空気を振り払うべく、鉄平の背中を叩いて送り出す。

RONRICOの時よりもこの曲でのソロが板についている。鉄平はあまり練習していないと言っていたが、おそらく嘘だ。仕上げるべきところにしっかりと照準を合わせてくる。さすが鉄平だ。

だが、鉄平がクオリティの高いソロを繰り出したにもかかわらず、会場はあまり盛り上がっていない。そんな空気を察知し、俺は直前でソロの方向性を変えた。マニアックなポッピンを後半にして、前半は派手なステップで攻めた。調子は決して悪くない。だが、客との間の空間の密度が詰まっていかないのを感じる。エネルギーがうまいこと伝播していない。次第に下半身に重さを感じるようになった。

柊、大ちゃんと続いても、なんとなくの重さは振り払えなかった。

その流れはグループダンスにも影響を与えた。振りのミスが目立ち、チーム感が合致しない。ちぐはぐな雰囲気のまま、ＰＲＩＭＡＬ ＩＭＰＡＣＴの東京初ショウタイムは終わってしまった。

お客に対してアピールする気も起こらず、俺たちはステージを後にして外に出た。重苦しい雰囲気が４人を包む。全員が、今日のショウタイムが満足のいくものではなかったことを感じていた。

「なんか今日の雰囲気やりづらかったな」

鉄平が口火を切った。

「わかります。客のノリ悪かったですよね」

「柊、ガチガチに緊張してただろ！　俺までうつっちゃったよ」

「俺のせいにしないでくださいよ！　大ちゃんも踊る前から緊張してたじゃないですか」

「お前ほどガッチガチになってねーよ！」

「なんすかそれ」

一触即発の空気が流れる。

「まあまあ、終わったことは仕方ないから、酒飲んで忘れようぜ」

鉄平が割って入った。チームを結成してから、こんな空気になったのは初めてだ。俺も言いたいことはあったが、ここからまた蒸し返すのも気が引けたので、グッと堪えた。

クラブ内に戻り、知り合いと挨拶を一通り終えたところでMARINEの姿を見つけた。

「お疲れさまです」

「賢太、お疲れ」

「今日はありがとうございました。おかげで初めて東京でショウタイムができました」

「アメリカどうだった？」

「楽しかったです。ただ、あっちで出会ったやつらがみんなすごくて……なんか凹《へこ》みました。でもそれも良かったかなって。将来のこともっと真剣に考えなきゃって思いました」

「だからだ」

「え？」

「今日元気なかったよね？　なんか気負ってる感じがした」

納得のいっていないショウタイムをMARINEがどう捉えているのか、とても気になっていたし、正直甘い言葉を期待している自分もいたので、その言葉を聞いて恥ずかしさが込み上げた。

そんな俺の気持ちを察したかのように、MARINEはグラスを目の前に差し出した。

「いいじゃん、そんな日があっても。悔しい思いを無駄にしなければ」

この言葉は優しさじゃない。MARINEからの叱咤激励だと思った。

グラスの中身を一気に飲み干すと、喉に突き刺さる刺激とともに、猛烈な悔しさが込み上げてきた。鉄平が談笑している姿が見える。俺は自然とそこに向かって歩き出していた。

「おー賢太！　乾杯しようぜ」

渡されたお酒を再度一気に飲み干すと、体内で悔しさが炎を上げて燃え始めた。

「賢太、何黙ってんだよ。今日はもう全部忘れて盛り上がろうぜ」

「………」

「何だよ。どうした？」

「もっとちゃんとやれば良かった」

「え？」

「ダメなんだよこんなんじゃ！」

もう止まらなかった。鉄平に向かって、我慢していた思いが爆発した。鉄平も溜まっていた思いがあったのだろう。俺たちはバーカウンターの前で取っ組み合いになった。

待ち望んだ東京デビューの惨敗感、準備を怠ったチームメイトへの不満、期待に応えられなかった悔しさ、これまでに自分が選択してきたことへの後悔、全てが負の連鎖となって思いも寄らない行動へと自分を駆り立てた。

騒ぎを聞きつけた大ちゃんと柊が慌てて止めに入る。ふたりに引き離され、俺たちは外へと連れて行かれた。

「どうしたんだよ、ふたりとも」

仲裁に入った大ちゃんが気の毒になるくらい、俺も鉄平もそれに対して一切反応しなかった。

大ちゃんに言われて、クラブ内に置きっぱなしだった俺たちのバッグを取ってきた柊が、心配そうに様子を見守っている。

「とりあえずちょっと頭冷やせよ。中の人たちに謝ってくるから」

大ちゃんの言葉をきっかけに、柊が抱えていたバッグを差しだしてくる。

大ちゃん、柊も、ごめん。そう思いながらも、一度ヒートアップした心はなかなか収まらない。地下に降りていくふたりの背中を見つめながら、俺は大きく息を吐いた。

少し酔っていたせいもあるだろう。自分が取った行動を振り返る余裕が出てくると、怒濤のように後悔が襲ってきた。

何やってんだ俺。

少し離れたガードレールの上に座っている鉄平も俯《うつむ》いたまま微動だにしない。

夜明け間近でオレンジ色に染まり始めた空の下、俺たちは言葉を交わすことなく時間だけが過ぎていった。クラブから帰る客が、騒ぎの張本人たちを冷ややかな目で見ながら通り過ぎていく。さすがにもうここには居づらい。帰るか。

柊が持ってきてくれたバッグを背負い、駅へと向かって歩いた。後ろを振り返ると、鉄平も帰る気になったようだった。

東急東横線の始発がちょうど出発する時間だ。ガラガラの車内で俺と鉄平は距離を空けて座った。電車が動き出すと、外界の音がシャットアウトされ、車輪と線路の軋《きし》む音が下から突き上げてくる。

今日のショウタイムで目にした光景が頭の中に蘇る。盛り上がるわけではなく、ジッとこちらを見つめる客の視線。そこに囚われ、活路を見出せず、泥沼にハマっていく哀れな4人。シアトルの裕太に合わせる顔がない。

横浜駅で京浜急行線に乗り換え横須賀方面へと向かう。身体は疲労感に包まれているが、気が昂《たかぶ》っているのか全く眠くはならなかった。金沢八景《かなざわはっけい》駅に電車が乗り入れた時、隣のホームに待ち合わせの新逗子《しんずし》行きが停まっているのが見えた。

海に行きたい。

そう思うと、俺は少し離れた席に座っていた鉄平に声をかけた。

「鉄平、海行こうぜ」

気まずい雰囲気にどっぷりと浸かっていた鉄平は驚いた表情を浮かべたが、次の瞬間、小さく頷いた。

# 第五章　ヒッチハイク

子供の頃からよく通っていた海。大人になるにつれて来る頻度《ひんど》は減ったが、何か思い悩んだりすると、ひとりで来ることが習慣になっていた。自然いっぱいの田舎で育ったわけでもないのに、心のどこかでいつも自然と触れ合うことを求めている自分がいる。

新逗子駅に降り立つと、懐かしい景色が目に入る。湿度を含んだ風が、肌を撫《な》でる。俺たちは逗子海岸行きのバスに乗り込み、海を目指した。

梅雨入り前の最後の晴れ間なのか、爽やかな日差しが照りつけている逗子海岸の砂浜をふたりで何の気なしに歩く。横を歩く鉄平を意識しながら、大きめの独り言を呟《つぶや》く。

「気持ちいいなー、このままどっか島でも行っちゃいてえな」

「島か……いいね。なんか行ったことないところに行きたい気分だわ」

「ヒッチハイクする？」

俺からの提案に鉄平は一瞬戸惑った顔を見せながらも、

「ヒッチハイク？　やったことないけどなんか面白そう」

実はこれまでに何回かヒッチハイクをしたことはあった。初めて行ったアメリカで、ひとりで旅した沖縄で、勇気を出せばその都度親切な人に出会うことができた。旅先で受けた親切は俺の心にいまでもしっかりと残っている。

「よしやろう！　行き先も決めずに捕まった車が向かうところまで行っちゃおーぜ」

砂浜の脇の階段を上がると、国道１３４号が走っている。日曜日の早朝だからか車の量はそこまで多くはないが、車通りがないわけではない。

「賢太、ヒッチハイクやったことあんの？」

鉄平からの質問に俺の中の優越感が顔を出す。

「ああ、たまにね」

「マジか？　すげーな」

「思ってるよりも簡単だよ。折れないハートさえあれば」

鉄平がやったことがないことがあるということに気を良くして、俺は歯の浮くような言葉を発していた。

「道路脇を歩きながら、右手の親指を立てて、ヒッチハーイクって大声で叫ぶと大体停まるよ。やってみ」

鉄平は俺が冗談半分で言ったことに恐ろしいぐらい従順に従って、道路脇を歩きながら、近づいてくる車に向かってヒッチハーーイク！　と叫び続けた。たまに通る車は無情にもスピードも落とさず通り過ぎていく。いつもなんでもサラッとこなしてしまう鉄平がことごとく失敗している光景は俺にとってはなんだかたまらなく嬉しかった。

「おい賢太！　全然停まんねーじゃねーか！　どうなってんだよ」

「鉄平のやり方が悪いんだよ。ちょっと見ててみ」

そう言いながら祈るような気持ちで右手を道路に向かって突き出した。数台の車が通り過ぎたあと、オレンジ色のバンが50メートルほど先で停まった。

「きたーーー!!　ほらな」

「マジか!?」

まさか自分でもこんなにすぐに停まるとは思っていなかった。鉄平に対して大口を叩いた手前、内心ホッとしながら、停まっているバンめがけて有頂天で走った。車が近づくにつれて陽気な音楽が聞こえてくる。息を切らしながら助手席の開いている窓から運転席を覗き込むと、煙草を口にくわえて良く日に焼けた目力の強い男性がこちらを見つめていた。頭にはラスタ帽を被っている。

「ちょっと乗せてほしいんですが、大丈夫ですか？」

男性はこちらをジッと見つめた後、優しい口調で言った。

「いいよ。どこまで？」

「……とりあえず遠くまで行きたいんですが、行き先は特に決めてないんです」

「どういうこと？」

と言いながらその男性は目尻にシワを寄せてクシャッと笑った。

「なんか訳ありっぽいな。とりあえず乗んなよ」

「ありがとうございます！　失礼します」

恐縮しながらも意気揚々と後部座席のドアを開けるとそこには……。

「え？　なんだこれ？」

「あ、ごめんね、散らかってて。その辺に適当に座って」

男性に促されて車内に入ると、なんともお洒落《しゃれ》な空間が広がっていた。通常の座席は取り外され、運転席の後ろには壁に沿って横長のソファが置かれている。最後部の座席があったであろうあたりにはターンテーブルが置かれ、ちょっとしたＤＪブースになっている。開けたドアのすぐ右手には簡易キッチン、床には綺麗なラグが敷かれ、ターンテーブル横の壁際の棚にはレコードが並び、天井にはサーフボードまで吊るされている始末。男心をはちゃめちゃにくすぐられる空間、一言でいうなら大人のオモチャ箱だ。決して下ネタではない。

「これは……どういうことですか？」

そう訊かずにはいられなかった。

「俺さ、この車に住んでるんだよね。仕事行く時もサーフィン行く時もいつもこの愛車？　マイホーム？　で移動して、夜はここで寝るわけ」

「ちょーカッケーーー!!」

俺と鉄平は同時に声を上げて、車の中のお宝探しに夢中になった。置いてあるもの全てにこだわりを感じることのできるモノばかり。

「このランプ渋いなー！」

「このボブ・マーリーのアナログ初めて見た！」

音楽、趣味、ライフスタイル……自分の好きなものが明確にわかっている人の作り上げた空間だということが想像できた。

「とりあえずどこまで行けばいい？」

「あ、すみません。僕たち本当に行き先決まってなくて、お兄さんはどちらまで行かれるんですか？」

「俺は千葉の館山《たてやま》まで。あっちで現場仕事があって、明日の朝イチでサーフィンしようと思ってる。サーフィンとかする人？」

「あ、僕らは全然……しないです。ダンスやってます」

「ダンサーなんだ！　いいね、何系？」

「ヒップホップです」

「ヒップホップか、だからふたりともドレッドしてるんだ？　最初レゲエとか好きそうだなと思って車停めたんだよね」

車内にはレゲエミュージックが流れ、ほんのりバニラムスクの香りが漂っている。

「レゲエも好きです！　ヒップホップだけじゃなくて、音楽全般大好きです」

「そんな感じするよね。俺は力也《りきや》。建築現場の仕事しながら休みの日はサーフィンして、あ、休みじゃなくてもしてるな。まあこんなふうにプラプラしてる感じ」

会社に通って、平日はフルで働いて週末だけ休むというより、自分の好きなものを大切にして、うまく仕事と両立させるスタンスなのだろうか。こういうスタイルで生きていけるっていいな。

「僕は賢太で、こっちは鉄平です。横須賀でＰＲＩＭＡＬ　ＩＭＰＡＣＴっていうダンスチームを組んでます」

「そっか。お互い社会からのはみ出しものってことでよろしくね。とりあえず館山まで行ってみる？　どっか途中で降りたくなったら言ってくれればそこで停めるし」

「あの力也さん、先に言っておかなきゃと思うんですが、僕たちお金全然持ってなくて……」

「あーいいよいいよ、お金なんて。その代わりに館山まで俺の話し相手になってよ。いつもひとりだからさ、たまに人が来てくれるのは嬉しいんだよね。そもそも君たちお金持ってるようには見えないから」

いたずらっぽく笑う力也さんを見て俺は、初めて会った人とは思えない親しみやすさを感じていた。俺は運転席の後ろのソファに座り、向かいに置いてある一人がけの椅子に鉄平が座った。車が走り出し、気持ちの良い風が車内を吹き抜けていく。なんだか豪華な寝台列車に乗って旅をしているような気分だ。ヒッチハイクをしようと言ったものの、こんなにうまくいくとは正直思っていなかった。これから先に何が待ち受けているのだろう。今日一日は全てのことを忘れて、流れに身を任せてみたい。海岸沿いの国道134号を走る車の中で俺はそんなことを思っていた。

「なんであんなところでヒッチハイクなんかしてたわけ?」

力也さんからの質問に、俺と鉄平は目を合わせて、これまでの経緯を話した。

今朝起こった出来事を説明すると力也さんは豪快に笑いながら、

「そっかそっかお疲れ！　大変だったな。東京でやるってなると気合い入るのはわかるよ。ふたりともエネルギーが溢れてる証拠だ」

「力也さんって音楽とかやられてるんですか？」

俺の質問に力也さんは少し間をあけて答えた。

「やってたよ。だいぶ昔のことだけど」

「やっぱり！　なんかそんな雰囲気バンバン出てますもんね」

「結構、いいとこまで行ったんだけどね。音楽業界に疲れちゃって、いまはサーフィンばっかりしてるよ」

「俺たちもダンサーとして東京で活躍したいと思ってて」

「そっか。一つ訊いていいかな？　ダンサーとして活躍するってどういうこと？」

力也さんから投げかけられた質問の意図はわからなかったが、自分がわかっている範囲で答えた。

「アーティストのバックダンサーやったり、クラブのショータイムでトリを飾ったり、たくさんレッスンしたり……そんな感じですかね」

「へー」

力也さんは素っ気ない返事だけすると、煙草に火をつけた。

「ダンサーとしてデビューってできないの？」

「え？」

力也さんからの質問に、俺と鉄平は明確な答えを返すことができなかった。ダンサーとしてデビューするなんて考えたこともなかった。そもそもデビューってどういうことだ？

「そんなことできるんですか？」

質問に質問で返した。

「いや、わかんないけど、売れたいんだったらやっぱりデビューしないと売れないんじゃない？　君たちがどんなふうに売れたいかにもよるけど。俺が昔やってたバンドはさ、レコード会社と契約してデビューして5枚のシングルとアルバム1枚出して解散したんだけど、売れてたらもう少し結末は違ってたかなと思うよ」

「デビューするにはどうしたらいいんですか？」

「バンドだったらデモ曲作って、レコード会社に送りつけたり、自分たちでライブやって客つけて人気上げていって、レコード会社から声かけてもらってデビュー勝ち取ったりって感じかな。俺は後者だった」

「そうなんですね。でも俺たち曲とか作れないし、どうしたらいいんだろ？　踊る曲はいつも自分たちの好きな海外アーティストの曲をミックスして使ってるんです。ダンサーってほとんどみんなそうだよな？　自分たちで曲作るところからやってるやつなんてほとんど見たことないです」

バックミラーに映る力也さんの目が何かを思案しているように見える。

「曲は自分たちで作らなくても、誰かにプロデュースしてもらえばいいんじゃない？」

「プロデュース？　それってプロデューサー的なことですか？　すみません、僕たちそのあたりのこと全然わからなくて。プロデューサーって要は偉い人ですよね？　セーターを肩からかけてるみたいな？」

「ふたりが言ってるのはテレビ局のプロデューサーのことね。俺が言ってるのは音楽プロデューサーのこと。音楽業界にはたくさんの音楽プロデューサーがいるんだ。視聴者からすると表に出てるバンドとかグループしか目に入らないと思うけど、その裏には曲を作ったり、売るための戦略を考えたりする大人が必ずと言っていいほど存在する。逆にプロデューサーがいないグループってほぼないんじゃないかな。あってもインディーズでやってる感じだろうね」

力也さんの説明が俺には理解できなかった。いつもテレビで見てるグループの裏に大人がいる？　どういうこと？　単に歌がうまい人はテレビに出られると思っていたけど違うの？　俺がいるクラブのダンスシーンとは明らかに何かが違う。PRIMAL IMPACTもメンバー以外にプロデューサーがいたほうがいいってことなんだろうか。

「プロデューサーがいないとデビューはできないってことですか？」

鉄平が訊いた。まさに俺も訊きたかったことだ。

「できないって完全には言い切れないけど、いたほうがスムーズなんじゃないかな。ましてや曲作れないんだったら」

「ですよね。俺たち音楽業界のこと何もわからないし、その辺りのことに詳しくて、導いてくれる人が必要ですよね」

「そうだと思う。何よりまず歌は必要だ。ミュージシャンという括りならテレビに出られるからな。目指すならそこだろう」

「そうか、ボーカルと組む……それ、ありかも！　そしたら俺たちはダンスに集中できるし、ステージも派手になる。誰かいないかな、ボーカル探して、曲も作ってくれる人……」

頭の中の点と点が線になったような感覚なのか、鉄平の話す速度が上がってくる。

「あの」

俺も思わず口をはさむ。

「デビューするまでに一般的に期間ってどのくらいかかるものですか？」

「んー、そこに関しては何とも言えないなあ。デビューに値する実力をすでに兼ね備えてて、環境も整ってたらすぐできるだろうし、一からデビューに向けて頑張りますってことだったら2〜3年かかるかもしれないし。当然目指した人全てがデビューできるわけじゃないから、厳しい世界だとは思うよ」

「そうですよね。いまの俺たちの実力次第……」

いくらデビューしたいと思っても、必ずできるわけではない。もしできたとしても、それまでに果たして何年かかるのか。

「賢太どう思う？」

「ああ……ボーカル入れてデビューね。できたらいいな。でも……わかんねーな。そんなに先のこと見据えてやるの難しくない？」

「難しかろうが、やらなきゃデビューできないだろ」

「そこまでデビューにこだわらなくてもいいんじゃない？」

言った後に力也さんのアドバイスに反したことを口走っている自分に気がついた。先の見えない不安からどうしようもない無力感を覚え、俺は鉄平の意見に素直に賛同できなかった。

「あ、すみません。デビューも憧れるんですが、もっと現実的に考えたいのもあって、そもそもダンサーがデビューできる可能性ってあるのかなって……ぶっちゃけデビューするってどういうことかよくわかってないのもあるんですけど、俺はみんなと楽しくダンスができて、それがどんどん広がっていけばいいなと思ってて。それが認められたら、その先にデビューっていうものが自然と見えてくるんじゃないかなって」

自分の中に迷いが生まれていた俺は、ぼんやりとした意見を言うことしかできなかった。

「そんななんとなくでデビューってできるもんじゃないだろ！　デビューしたいならそこに向かってしっかりステップ踏んでいかないと！　デビューしたいやつが他にどれだけいると思ってんだよ！」

鉄平が語気を強めた。明らかに力也さんの言ったことに引っ張られて、目の前より遥か先のことしか見えていない感じになっている印象を受けたが、言っていることはもっともだ。

「いや賢太くんの言うことも正しいと思うよ。俺が話したことはあくまでデビューするための方法論であって、そもそも自分がこれを表現したい！　ってことがないと何も膨らまないからね。ダンスが楽しいんだったらそれをもっともっと楽しめるように成長していくと自然と周りに応援してくれる人が集まってくると思うよ。音楽もダンスも表現って結局そういうことじゃん。自分がこうだって思ってることを発信し続けてそれに共感してくれる人が増えていくことでムーブメントになっていくわけでしょ。それって広めるための戦略とかも絶対あると思うんだけど、根っこの部分は絶対表現する本人の熱い気持ちだと思うんだよね」

力也さんのフォローが胸にチクリと刺さった。ダンスを生業として生きていくことを選んだものの、自分の中にいったいどれほど本気で極めていく意志があるのか、確信が持てないことから焦りが生まれている。綺麗事だけでは乗り越えられないところにいよいよ足を踏み入れている実感があった。早々と就職活動を始めた同級生に対する反骨心だけでこの先へ進むのには限界がある。生半可な覚悟が今後一層自分の首を絞めていくことになるかもしれない。

「急に熱い感じになっちゃってごめんね。俺も音楽をもっともっと楽しめるようになっていたらいまこんなことやってないかもな。あ、でもいまはいまで幸せだよ。音楽に対してもう後悔はしてないし、いまぐらいの距離感のほうが音楽の良さもわかるんだ」

そう話す力也さんの表情は穏やかでありながら、若干の寂しさも滲《にじ》み出ているような気がした。

「こんなこと訊いていいのかわからないんですが、力也さんのバンドは何で解散したんですか？」

鉄平が訊いた。

「方向性の違い、ってやつ？　よく言うじゃん。俺も解散するまではその意味が全くわかってなかったんだけど、いざ自分ごとになるといろんなことがありすぎて、やっぱり一言では言い表せないよね。方向性の違い。便利だけど、深い言葉だなっていまになって思うよ」

「喧嘩別れ、ってことですか？」

鉄平の核心をつく質問に力也さんは少し戸惑った表情を見せながらも、一呼吸置いてゆっくり話し出した。

「そうだね。喧嘩したこともあったけど、最終的には喧嘩にもならないよね。ずっと長いこと付き合って他のメンバーの人間性も性格もよくわかってたからさ。思ってることも理解できちゃうんだよね。基本みんないいやつだったからそれぞれのやりたいことを最大限応援してあげたかったし、でもそうなるとこのバンドを続けていくことにメンバーの未来はないなって徐々に気づいてきちゃって。最後は自然と……って感じかな」

メジャーデビューの成れの果て、と言ったら失礼かもしれないが、自分の将来が力也さんに重なり、デビューを目指すことの意味がより一層わからなくなった。

力也さんに訊いてみたいことがあったが、さっき会ったばかりの人に訊いていい内容ではない気がしたので、窓の外の景色に目を移した。

「ちょっとサービスエリア寄るね。朝飯まだでしょ?」

そう言われると途端にお腹が減ってくる。車は大きなサービスエリアの駐車場に停まった。逗子海岸を出発してから1時間ほど経っただろうか。日曜日のサービスエリアには親子連れが多い。気温もどんどん上がって、絶好の海日和だ。トイレで用を足してから車に戻ると、力也さんの姿はなかった。まだトイレかな。さっき出会ったばかりの人を初めて訪れた場所で待つ。昔見た映画で誘拐された女の子が犯人がトイレに行っている間、車で待つシーンがあったな。不思議と逃げずに待ってた。そこで逃げればいいのに、って思いながら見てた。なんかそのシーンと似てる。俺は別に誘拐されてないけど、もし力也さんにその気があったら、俺と鉄平どっちから先に……。

「お待たせ！」

ビクッとして振り返ると、力也さんがビニール袋をこちらに差し出している。

「ここの肉巻きおにぎりが最高なんだよ」

「あ、ありがとうございます」

中を覗き込むと肉に包まれたおにぎりが二つ。香ばしい焦げた味噌と醬油の香りが鼻の奥に染み渡ってくる。

「館山まであと30分ぐらいだからさ、それでも食べててよ」

肉巻きおにぎりは抜群に美味しかった。ふりかけられた白胡麻がより一層食欲を刺激する。

気づけば、俺と鉄平の間から早朝の緊迫感はすっかり消失していた。

車は高速道路を降りて一般道へ。目の前に大きな海が開けた。

「おおー、海だー！」

「めちゃくちゃ気持ちいい!!」

窓をいっぱいに開けると強い風と共に潮の香りが車内に充満した。

「なんか逗子海岸よりも全然デカくて綺麗だな！」

「確かにそうかもね。逗子海岸より人は少ないし、そのおかげで水もだいぶ綺麗だと思うよ」

「力也さんはこの辺でサーフィンやるんですか？」

「もうしばらく真っ直ぐ行くと灯台があるんだけど、その手前にいいポイントがあって最近はそこで入ってるよ。遊泳禁止のエリアだからあんまり大きい声で言えないけどね」

「力也さんがサーフィンしてる姿見てみたいよな？」

「明日の朝までもし館山にいるんだったら見においでよ。この感じだと明日はいい波が来そうだ」

力也さんの仕事の時間が迫ってきたので、俺と鉄平は海沿いの道で車を停めてもらった。

「本当にここでいいの？　もう少し街中まで送って行こうか？」

「大丈夫です！　ふたりでこの辺ぶらぶら歩いてみます。車に乗せてもらった上に、いろんな相談まで乗ってもらってありがとうございました！」

「俺も楽しかったよ。また会えるといいね。これ俺の電話番号。何かあったら連絡して」

そう言うと力也さんは、俺にメモを手渡し車のエンジンをかけた。

「力也さん、当時のバンドメンバーとはまだ会ってるんですか？」

訊きたかったことが我慢できずに口をついて出た。別れ際の突然の質問に力也さんは少し困ったような笑顔を浮かべながら、首を横に振った。それ以上は何も言えず、車が出発するのをただ見守っていた。

テールランプが点滅するのと同時に、車のクラクションが海沿いの道路に響きわたった。

# 第六章　風の家

「かっこいい人だったな」

小さくなっていく車を見ながら鉄平が言った。

「ああ」

「少し歩くか」

「そうだな」

海を眺めながらしばらくふたりで歩いた。太陽が随分と高い位置まで昇り、気温も20度以上あるだろうか。目の前に広がる青い海の遥か彼方に水平線が見える。ダンスにハマってクラブ通いをするようになってからはこんなに抜けのいい場所に来ることはなかった。風の音、鳥の声、潮の香り……自分の中の本能的な感覚が疼《うず》き、鋭敏になっていく。初めて訪れたにもかかわらず、館山は不思議と懐かしさを感じることのできる場所だった。

ふと気になって横を歩く鉄平を見た。

何を考えているんだろう。

クラブでの摑み合いから、力也さんとの出会いまで、感情が入り乱れる時間を経て、ようやくふたりの間に穏やかな時間が到来していた。

真っ直ぐ続いていた道が緩やかにカーブしていく先に「氷」の幟《のぼり》がはためいている。

「かき氷でも食べて少し休むか」

「そうだな」

暖簾《のれん》をくぐり店内に入ると、海が見渡せる大きな窓の前にカウンターと、手前にテーブルが二つ。派手さはないが清潔感があって、気持ちのいい店だ。かき氷を注文するとプラス100円でドリンクも付いてくるらしい。鉄平はオレンジジュースを、俺はコーラを頼んだ。時刻は昼12時を回ったところ。外の暑さに比例して響きわたる蟬《せみ》の声も大きくなっているようだ。

「DOPEでの話だけどさ……」

鉄平が話を切り出した瞬間、心臓の鼓動が少し速くなった。

「賢太が言うようにもっとちゃんとやったほうが良かったのかもな。正直今日の出来は良くなかったし、酒飲んで忘れようとしてたけど、全然忘れられない。マジで悔しい」

「うん。もっと練習するべきだったし、やっぱり別の新しいネタ作ったほうが良かったんじゃないかな。RONRICOでの成功体験が残っちゃってた気がする。横浜の客と東京の客の見る目は明らかに違うって、なんで事前に想像できなかったんだろ。そのまんまで通用すると思ってたのが本当バカみたいだ。自分の中でいろんなことの折り合いがつかなくなっちゃって、鉄平に絡んでマジごめん……」

「俺もかなりフラストレーション溜まってたから……酒入ってたのもあるし、大人気なかった。RONRICOでの評判が良かったから、その感覚に浸ってちょっと手を抜きたくなってたのかもしれない」

「何様だよ」

鉄平の表情が固まる。

それを見て、俺は吹き出してしまった。

「何笑ってんだよ！」

「だって、鉄平めっちゃ偉そうだから」

「偉そうじゃねーよ！　あ、でも偉そうか」

「めっちゃ偉そう」

久しぶりにふたりで全力で笑った。

わだかまりは水蒸気のように蒸発して消えていった。

「さっき力也さんが言ってたデビューの話だけどさ、PRIMAL IMPACTでデビューできたらいいよな」

「あの時はなんか煮え切らないこと言っちゃったけど、そんなことが本当にできたらいいよな。でも、正直まだ迷いがあってさ、何が正解なのかしっくりこないわ」

「そりゃ俺だってまだ全然わかんないよ！　でも目指さないと見えてこないだろ。東京出て単なるダンサーじゃなく、テレビにも出たいし、キャーキャー言われたいし、金だって稼ぎたいし、いい生活もしたい！」

いつものクールな鉄平とは打って変わって自分の欲望を曝《さら》け出す姿に俺は圧倒されながらも、何が何でも夢を摑もうとする泥臭さを好ましく感じた。綺麗に夢を叶えるなんて虫のいい話だよな。俺とは違って、鉄平や大ちゃんは高校を卒業してから働いている。ダンスで飯を食っていくと言ったものの、まだ社会人としての経験がない俺と彼らの間では根本的なハングリーさが違うのかもしれない。その事実に向き合わなければいけないと俺は薄々気づき始めていた。

「賢太はどうなりたい？」

「俺は……わからない。自分がどうしたいのか、どうすべきなのか。でも将来のことはしっかり考えたいと思ってて、ぶっちゃけ焦ってる。踊ることは楽しくてずっとやっていたいんだけど、ハッキリした目標がいまはない」

「じゃあデビューを目標にしようぜ！　実はずっと考えてたんだ。PRIMAL IMPAC

Tをどうやったらもっと大きくできるのかって。今日力也さんと出会ったのも運命だったのかもしれない。デビューするっていうアイデアは自分ひとりじゃ全く思い浮かばなかった。今日から俺はデビューに向けて動く！　賢太もそうしよう！」

鉄平の目には心から生まれる信念の炎が灯っていた。自分にはまだないその輝きが、俺を焦らせるのと同時に、強烈な吸引力を放っていた。

「帰ったら大ちゃんと柊に話して、今年中に東京に引っ越したほうがいいかもな。賢太どう思う？」

「ああ、いいと思うよ。一日でも早く東京に引っ越したいよな」

「そうだよな！　そうと決まれば物件探しだ！　どのあたりがいいかな」

運ばれてきたかき氷を頰張りながら、鉄平は携帯で物件を調べ始めた。

引っ越しか。銀行に金いくら入ってたかな。アメリカ旅行でほぼ使い果たしたから、来月入るバイト代にかかってるな。でも先月全然シフト入ってなかったから、期待はできない。どうやって引っ越し代を用意するか。親父には頼みたくないな。母ちゃんに頼むか。でもどっちにしろ親父の耳に入るな。あー、どっかに金落ちてないかな。

ぼんやり考えながらかき氷を口に運んでいたら時間差で頭が痛くなった。鉄平は相変わらず携帯で物件を探しているようだ。

いつもとは違う一日。自分の未来が今日を機に変わったらいいのに。

頭の痛みが徐々に治まり、大きな窓から差し込む光が顔を照らす。太陽ってこんなにあったかかったっけ。干した布団に飛び込んだ時のような香りが脳内に浮かぶ。目の前に広がる海の水面《みなも》は太陽の光で眩しいぐらいに煌《きら》めいている。ずっとこうしていたいな。

「あった!!」

鉄平が突然大きな声を出して、夢のような時間は一瞬で消え去った。

「何が?」

「家賃7万円でそこそこ綺麗な都内の物件探してたらさ、見ろよここ。東急東横線都立大学駅徒歩10分、閑静な住宅街にあるワンルームマンション。25平米だったらけっこう広いぞ。ここ見に行ってみるか。いま昼前だから電車で戻れば夕方までにこの不動産屋行けるな。よし、そうと決まれば……あ、すみません! ここから一番近い駅ってどこですか?」

店員を呼んで最寄り駅までの道を訊いている鉄平を見ながら、俺はまだしばらくこの辺りを散策したいと思っていた。何だか今日は家に帰りたくない。もともと夕方のバイトまでには横須賀に帰るつもりだったが、力也さんとの出会いでそんな気も失《う》せてしまった。館山まで来たらタダでは帰れないでしょ。バイト仲間にシフトを代わってもらおう。

今日一日は自分の感じるがままに行動したいという気持ちが力也さんとの出会いを境に、どんどん強くなっていた。

「鉄平、俺もう少しこの辺見てまわるよ」

「え？　なんで？　賢太今日バイト入ってるって言ってたじゃん」

「シフト代わってもらう。せっかく館山まで来たしさ、今日はこのまま行けるとこまで行ってみたい気分」

「えー、今日中に不動産屋行きたかったんだけどなー」

「いいよ、鉄平行ってきて。俺はひとりで全然大丈夫だから」

「そんなこと言うなよー、賢太のほうが絶対面白そうじゃん。でも不動産屋も捨てがたい。思い立ったが吉日っていうしな……んー、でもまあいっか。せっかく来たしな。じゃあ明日一緒に不動産屋行こうぜ」

「ああ、いいよ」

鉄平は案外寂しがり屋だ。自分がいない間に何か面白いことが起こるのを極端に嫌がる。反対に俺はひとりで行動するのが好きだ。人と一緒だと合わせなきゃいけないことが面倒くさくなる時もある。お互いの凹と凸を補完し合いながら、ついたり離れたりして関係を構築していく。人付き合いって面白いな。鉄平が寂しがる時に俺は、やつよりも自分のことを大人だなと思う。それとも俺が人に対して興味が薄いだけなんだろうか？

「賢太ってこうするって決めたらすごい頑固だよな」

「そうかな？　自分が好きなことやってるだけだけど」

「いやマジで頑固だって！　踊りの振り付けだって自分が決めたやつはまわりが何言っても絶対変えないじゃん」

「それは……それが一番いいと思ってるから」

「ほらーそうゆうとこ！　普通に話してるとめっちゃ柔らかいのに、なんか奥のほうに固い芯がある感じ？　究極俺なんかより全然へっちゃらタイプだよな？」

「んー、そうなのかな？　自分じゃ全然わかんないわ」

「自分、今日は賢太さんについて行きます!!」

急に後輩キャラを出してくる鉄平に呆れながらも悪い気はせず、会計を済ませて俺たちは外に出た。店に入る前よりも太陽の光と熱が激しく降り注いでくる。肌がジリジリと焼けていく感覚がたまらなく気持ちいい。

アメリカの黒人ダンサーに憧れて髪をドレッドヘアに編み込んで、日焼けサロンに通い、クラブでブラックカルチャーにどっぷり浸かった気になっていた俺たちにとって、天然の太陽光で焼けるのはかなり貴重だ。こうしちゃいられない。俺はTシャツを脱ぎ、肩まであるドレッドを頭の上で結んだ。俺の行動に触発されて鉄平も上半身裸に。街中ではこうはいかないが、海沿いだからこそできるスタイルで、館山の自然の恵みを存分に堪能した。

どこまでもまっすぐ続く道が海と山を二分している。大きくそびえる山の麓には鬱蒼と茂った森が海風を受けて巨大な生き物のようにうごめいている。

「あそこに何かあるな」

鉄平に言われて指差された先を見ると、辺りの風景に溶け込んでいて注意深く見ないと見過ごしてしまいそうな古びた家が森の中にポツンと建っている。

「家かな。こんな場所に人が住んでんのか？」

「ちょっと行ってみるか」

道路を渡り舗装された道路から未舗装の道へ。その家までは一応砂利が敷き詰められていて、訪問者を受け入れる気遣いを感じることができた。

太陽の光が遮られた森の中は驚くほど涼しい。先ほどまで聞こえていた波の音は全く聞こえなくなり、ふたりが砂利道を踏みしめる音だけが森の中に響きわたっていた。

家の玄関だろうか。扉は開け放たれており、内側にかかっている薄いレースのカーテンが風に揺れている。入り口の上には看板のようなものが見えた。

「風の家？」

「普通に人が住んでる家じゃないのかな？」

「青少年の家みたいな感じかな？　本読めたり、卓球できたり」

「それにしてはちっちゃいよな」

人が住んでいる家なのか、お店なのか、詳細を外観から窺い知ることはできなかったが、俺は自然と入り口に向かって階段を上っていた。

「おい、賢太！」

振り返ると、鉄平が持っているTシャツを着るジェスチャーをしている。

「ああ、そっか。流石にまずいか」

くしゃくしゃに丸めていたTシャツを広げてはたいてから袖を通して、入り口に向かう。

薄いカーテンを通り抜けた瞬間に線香と柑橘系のアロマが混ざったような香りが鼻の奥にじんわりと染み渡り、妙な懐かしさと安堵を覚えた。中はそこまで広くない。おそらく10畳ぐらいだろうか。全体的に木の温もりを感じる空間で、天井からはアンティークふうのランプがいくつも垂れ下がり、ぼんやりとオレンジ色の光を落としている。壁ぎわに置かれているハンガーラックには洋服がいくつもかかっており、棚やテーブルにはアクセサリーや置き物が所狭しと並んでいる。物はたくさんあるが掃除は行き届いている印象だ。どこからか猫の鳴き声がする。まわりを見回すと入り口のすぐ横に置いてある椅子の上にお座りをして、こちらをじっと見つめている猫が一匹。

「ニャー」

「あ、全然気がつかなかった。お前はこのお店の番頭さんかな？」

最近はあまり見かけない三毛猫だ。そっと近づいても逃げる気配はない。恐る恐る頭を撫でてみると、ふんわりとした手触りで何とも気持ちがいい。人に良く馴れている。俺の後に続いて中に入ってきた鉄平は大工だからか、建物の構造が気になるようだ。しきりに中を見回している。

「テテちゃん、お客さん？」

奥から女性の声がして、俺は咄嗟に猫から手を離した。声がしたほうを見ると、さっきまで誰もいなかった奥の棚の横にひとりのおばあさんが立っている。

「こんにちは。ゆっくりご覧になっていってね」

「あの、こちらは洋服屋さんですか？」

「そうね。洋服も置いてるし、雑貨もあるし、私の好きなものを置いてる何でも屋かしらね」

そう言いながら笑うおばあさんの笑顔は緊張していた俺の心を一瞬で溶かしてくれた。白髪混じりの髪を結んで、草木染めのゆったりとしたワンピースに身を包み、手首と首周りにはたくさんのアクセサリーをつけている。一見派手なおばあさんに見えるが、下品な感じは全くしない。店の中を改めて見てみると、確かにこのおばあさんの好きそうなものが並んでいる印象を受ける。

「マライカみたいな店だな」

鉄平が言った。確かに民族系の雑貨や洋服を扱うマライカに似た匂いを感じる。でも何だろう。店であることを忘れそうになるぐらいとても居心地がいいのだ。商業的な感じが一切しない。それに加えて入り口から奥の窓に向かって常に穏やかな風が吹き続けている。

「このお店はいつからやられてるんですか？」

俺の問いかけにおばあさんは、目線を天井に向けて少し考えた後に、

「今年で5年目かしらね。一日が長いからもっとここにいるような気もするけど」

と言って笑った。

「とても素敵なお店ですね」

「あら嬉しい！　ありがとう！　お茶でも飲む？」

そんなつもりではなかったが、断る理由もないのでいただくことにした。このおばあさんの淹《い》れるお茶がどんなものなのか興味もあった。

ゆっくりと店内を見て回っているうちに、テーブルの上に真っ白なティーセットが並んでいた。やはり普通ではない。何か特別なこだわりを感じる。

「はい、お茶が入りました。座って召し上がって」

「ありがとうございます！」

窓から差し込む光のせいでお茶から立ち上る湯気がハッキリと見える。紅茶だろうか。赤みがかった茶色い液体は明らかに和風ではなく洋風の雰囲気を醸し出している。一口啜《すす》ると、程よい熱さの液体から驚くぐらい華やかな香りが鼻を抜けていく。

「美味しい！　しかもめっちゃいい香りがしますね！」

「お口に合ったみたいで良かったわ」

「これ紅茶ですか？」

「そう、台湾のね。私もあまり詳しくないんだけど、前に知り合いからいただいた時にビックリするぐらい香りが良くて。それで気に入って少しだけ分けてもらってるの。ミルクを入れても美味しいのよ」

「あ、ミルク美味しそう」

「試してみる？」

「はい！」

おばあさんが奥に行ったのを見計らって、鉄平が小声で話しかけてきた。

「なんか不思議な人だよな。この店もすごい居心地良いし、気付いたらお茶までご馳走になっちゃってるし」

「だよな！　俺もそう思ってた！　何だろうなこの感じ」

「力也さんといい今日はいろんな人に出会えてめちゃラッキーな日だな」

「DOPEで喧嘩したのがすごい前のことのように感じるわ」

「確かに、すっかり忘れてた！」

今朝の出来事を振り返って笑っているところにおばあさんが戻ってきた。

「あら、賑やかね。はい、これミルクね。お好みで紅茶に入れてお試しになって」

紅茶をスプーンでかき混ぜて軽い渦を作り、そこにミルクを流し入れる。昔テレビで見たコーヒーフレッシュのCMの白い液体が綺麗に渦を描いて黒い液体に混ざり込んでいく映像が何だかたまらなく好きで、コーヒー、紅茶を飲む時はいつもそれの真似をしてしまう。でも一度もあのCMのように綺麗に成功したことがない。あれは何か別の液体だったんだろうか。そんなことを思いながら目の前の紅茶が亜麻色に変わっていくのを眺めていると、おばあさんが言った。

「おふたりはどちらからいらしたの？」

「横須賀からです。昨日の夜にクラブに行ってて、朝そのまま逗子海岸に来て、そのあと暇だったんでヒッチハイクしようってことになって、そしたらすごい素敵な人が車に乗せてくれて、館山まで送ってくれたんです」

俺の話をおばあさんは興味津々な様子で聞いてくれているように感じた。

「あら、そうだったの。それは素敵な一日ね。じゃあうちに来ていただいたのはたまたま？」

「そうです！　ここにくる途中でかき氷食べて、海沿いの道を歩いてたら鉄平がここを見つけて。あ、こいつ鉄平って言います。僕は賢太です。よろしくお願いします」

「あー、涼み屋さんに行かれたのね。あそこはこのあたりだと結構人気のあるお店なのよ。私は風子《ふうこ》って言います。今日は来てくれてありがとう」

「ふうこさん……あ！　風の子供でふうこさんですか!?　だから風の家ってことですか？」

風子さんは悪戯《いたずら》っぽく笑いながら言った。

「そうよ。風子の家だから風の家。名前に風が入ってるからか、風が吹いてる場所が好きなのよ。ここの場所もそれで気に入ったの。元々はかなり古い建物だったんだけど、ほらこうやって風がずっと抜けてるじゃない？　見た時にすぐ気に入っちゃって、ここに引っ越してきたの。でもこのあたりなんにもないでしょう。やることもないから自分の好きだった洋服とか雑貨を集めて売ってみようかと思ってお店を始めたの。そうしたら近所の人が少しずつ来てくれるようになって。でも最初の頃は変人扱いよ。来てくれた人に多めに作ったご飯のおかずとかあげたりしてたらちょっとずつ信用してもらえるようになってね。口コミでいろんな人に宣伝してもらえるようになったの。人の気を引くにはやっぱり美味しいものよね」

「このミルクティもめちゃくちゃ美味しいです」

鉄平も微笑みながら応えた。

「良かった！　何かミルクティに合うお菓子出しますね」

「あ、お構いなく！」

鉄平の言葉を聞くこともなく風子さんは店の奥へと消えていった。その後を猫のテテがついていく。壁にかかっている時計を見ると午後2時ちょうどを指していた。この店に入ってきたのは確か1時過ぎだった気がする。もうそんなに時間が経ったのか。

「賢太どうする？　もうしばらくここにいるか？　それともそろそろ出るか？」

鉄平は不動産屋に行くことをまだ諦めきれていないようだ。俺に気を遣いながらもその線をちょっとずつ忍ばせてくる。だが鉄平がなんと言おうが今日は自分の思うがままに行動しようと決めている。今日のうちに家に帰ることは恐らくないだろう。この時点でそんな気がしていた。

「そうだな。鉄平はもう出たい？」

「いや俺はどっちでもいいんだけど、もうけっこう長いことここにいるからさ。もうそろそろかなって」

俺にとってはまだほんの少ししかここにいない感覚だが、鉄平にとってはそうではないらしい。

「鉄平、もし不動産屋行きたかったら先に帰っていいよ。別にふたりで行動しなきゃいけないわけじゃないし。お互いやりたいこと優先させようよ。俺はもう少しここにいたい」

「そんなこと言うなよー！　不動産屋に行きたいって言ったか俺？　それは明日でいいんだって！　わかった。じゃあもう少しここにいよう。うん、せっかくだしな」

そう明るく言って鉄平は椅子に座った。どうやら観念したようだ。風子さんが奥の部屋から戻ってきた。

「チョコレート、クッキー、プリン、あと意外におせんべいなんかどうかしら？」

銀の丸いトレーにたくさんのお菓子が乗っている。足元にはしっかりテテもついてきていた。

「うわーすごい品揃えですね！　全部食べたいです！」

「どうぞ。遠慮せずに召し上がって」

「ありがとうございます！」

俺と鉄平が次から次にお菓子を頬張るのを、風子さんはニコニコしながらずっと見ていた。ふと目が合うとさらに笑顔に。この笑顔に見つめられるとお腹がいっぱいだろうが食べなきゃという気になってくる。

「あ、アイス食べる？」

「食べます！」

「ビール飲む？」

「飲みます‼」

こんな調子で俺と鉄平が椅子に座ったままの状態で次から次へと目の前に食べ物、飲み物が運ばれてくる。

ここは現世の竜宮城か？

そうなると風子さんが乙姫？

テテが実は助けた亀が変身した姿とか？

そんな妄想の世界に入り込みそうになっていた時、携帯電話のメール着信音が鳴った。開くと、鉄平？　横にいる鉄平の顔を見ると、携帯見ろのジェスチャー。

――こんなたくさん食べて金払えとか言われないよな？

そんなことは思いもしなかった。風子さんが善意でやってくれているのが伝わってきたから。でもわからないよな。今日会ったばかりの人だし、鉄平が疑うのももっともだ。警戒して損はない。その旨鉄平に伝えておこう。

――大丈夫だと思うけど、わかんないよな。ちょっと様子みよう。

――了解！

俺と鉄平はアイコンタクトをしてメールの内容をお互いの心に念押しした。そんな俺たちのやりとりを知る由もなく、風子さんは紅茶のおかわりを注ぎながら言った。

「そんなに美味しそうに食べてくれると嬉しくなっちゃうわ。よし、決めた！　今日は私がふたりのスポンサーになってあげる！」

「スポンサー？」

顔を見合わせる俺と鉄平をよそに、風子さんは店内のハンガーラックの洋服をチェックし始めた。

「このあたりなら、けんちゃん、てっちゃんも着られるんじゃないかな。ちょっと着てみて！」

すでに呼び名がけんちゃん、てっちゃんになっている。でも風子さんに言われるとなんだか嬉しい。幼稚園の時に初恋をした、ちさと先生にけんちゃんと呼ばれていた時の光景が蘇る。

ん？　これは、恋？

いやいやいやいやいや違うぞ！

相手はかなり年上の……おそらく俺の母親よりもっと年齢が上の女性だ！

恋な訳がない！

しかしながら、相手の呼び名を急にちゃん付けして距離を詰めてくるあたり、風子さんなかなかの悪女なんじゃ……いや風子さんに限ってそんなことは、いやでも今日会ったばっかりで何も知らないだろ俺！

　とゆうか、何なのこの思考回路⁉

なんか俺モテないやつみたいじゃん！

嫌だ嫌だ、違う違う違う……

「どうした賢太？　なんか汗すごいぞ」

「あ、大丈夫。てっちゃん」

「お前までてっちゃんって呼ぶな！」

「どうしたの、てっちゃん？」

風子さんが笑顔で鉄平に訊くと、

「いや、何でもないです！」

鉄平ですら上ずった声を出してこの調子だ。風子さん、恐るべし。俺と鉄平は勧められた洋服を片っぱしから着ていく。着るたびに風子さんのチェックが入る。自分がいいなと思っても、地味ねと言われて却下。これは派手すぎるだろうと思っても、これぐらいがちょうどいいわよと言われる始末。

出来上がったコーディネートはさっきまで着ていたダボダボのジーパンにストライプシャツ

というダンサーライクなものから一転して、タイダイ柄のTシャツに黄色く染め上げられた麻のゆったりとしたシルエットのパンツ。手首と首周りには風子さんが次から次へと選んでくれた民族調のアクセサリーがジャラジャラとついている。

鉄平はというとこれまたド派手な仕上がり。アフリカンダンサーのようなターバンを頭に巻いて、編み編みスケスケのタンクトップに「アラジンと魔法のランプ」に出てきそうなぐらいボリュームのあるパンツを合わせて、足元は編み上げのレザーサンダルで決めている。

このふたりが一緒に歩いていたら絶対に好奇の目で見られるのは間違いない。だが、目立つのは好きだし、何より着ているものを全身新しくしたのだから気分がいいことこの上ない。

「あら素敵！　ふたりとも似合うわ、惚れ惚れしちゃう」

風子さんに褒められて俺と鉄平は照れながらも、気になっていることを鉄平が訊いた。

「風子さん、ちなみに、これって、おいくらぐらい……」

「いいのいいの、お金なんて！　私が今日はスポンサーになるって言ったでしょ。何も心配しないで、ね？」

と言いながら風子さんは他にも俺たちに似合いそうなものがないか探してくれている。

「おい賢太、いいのかよこれ？　これだけあったらけっこう値段するぞ」

「そうだよな。でも……風子さんがいいって言ってくれてるんだからいいんじゃないかな。あんなに嬉しそうだし。金払うってしつこく言ったら逆に怒られそうじゃない？」

鉄平は納得したような表情を浮かべながらも、まだどこか腑に落ちない部分があるようだ。

「今日はこのまま流されてみようぜ。なんか全く悪い感じがしないんだ」

風子さんがまた新しい商品を抱えて持ってきた。

「けんちゃんもこのターバン頭に巻いてみたらー？」

# 第七章　夜

日が暮れてきた。風の家の中を吹き抜ける風も肌寒く感じるようになってきた。時刻は4時40分。あっという間に時間が経っていた。

「今日はもうお店おしまい！」

そう言って風子さんは窓を閉め始めた。

「けんちゃん、てっちゃん、入り口のドア閉めてくれる？」

ドアを閉めると、風の抜けがなくなるからか体感温度がぐっと上がった。家の外の森の木々がざわめく音もシャットアウトされて、風子さんが片付けをしている音だけが心地よく聞こえてくる。

「ふたりはお腹の具合はどう？」

さっきまでお菓子にパンにビールとさんざん飲み食いをして、お腹にあまり余裕はなかったが、風子さんに訊かれて断るわけにはいかない。

「まだ全然食べられます！」

「よし！　じゃあいいところ連れてってあげるわ！　ついてきて。テテはちょっとお留守番してね」

風子さんはそう言ってテテに餌をあげてから、外に出て行った。後を追って外に出ると、辺りはもうすっかり暗くなっていた。

鉄平とふたりでドキドキしながらこの砂利道を上ってきてからおよそ4時間。まさか3人で下ることになるとは思ってもいなかった。

海沿いの道まで出て、舗装された道路をしばらく歩いてから小道に入る。海に向かって下る坂の途中に白いテラスが見えてきた。風子さんはテラスから奥の店に入っていく。目的地はこなんだろうか。俺と鉄平の格好だとちょっと場違いと思われそうなオシャレなお店だ。店の中で風子さんが店員とにこやかに話をしている。

「お待たせ。さあ行きましょ！」

「え？　このお店じゃないんですか？」

「ここじゃないのよ。ここはマルタっていうイタリアンレストランなんだけど、プリンがとっても美味しいの。作りたてを後で持ってきてもらうようにお願いしてきたからご飯の後にいただきましょ」

風子さんの行きつけってことなんだろうか。

いまからどこに行くかはわからないが、商品を別の場所まで持ってきてくれるなんて、なかなかないよな。

かなりの常連客なのか？　風子さんって一体何者なんだ？

そんな俺の考えをよそに、風子さんは鼻歌を歌いながらご機嫌な様子で俺たちの前を歩いていく。

「気持ちのいい夜だわー、ふたりのおかげで本当に今日は楽しい一日になったわ。こんなに楽しいのは久しぶり！　ありがとね！　でも夜はまだまだこれからよ！」

俺たちのほうを振り返りながら話す風子さんは無邪気な笑顔を浮かべて、まるで少女のようだった。

自分たちがいることだけでこんなに喜んでくれる人がいるなんて、初めての経験だった。クラブのショウタイムでパフォーマンスを披露して盛り上がってもらえることはあっても、それはあくまでダンスを評価してもらったうえでの拍手だ。家族でもない、ダンサー仲間でもない、ましてや今日初めて会った人からこんなにも必要とされるって。

人に喜んでもらうのって悪くないな。

風子さんの足取りがだんだん速くなっていく。歩いている身体から、いまにも踊り出しそうなリズムを感じる。それに触発されて俺と鉄平も軽くリズムを刻みながら風子さんの後ろにピタリとつけ、そのまま下り坂を一気に駆け降りて行った。

俺の目には、アスファルトの道に敷かれた深紅のレッドカーペットが見えた。道の両側の家の明かりがまるでステージ横の照明のように3人の姿を照らす。坂の下から吹き上げる海風がより一層強くなって風子さんの髪をなびかせる。脳裏にマイケル・ジャクソンのライブ・イン・ブカレストの映像が蘇り、頭の中に鳴り響く音がどんどん大きくなる。

気が付くと野良猫が俺たち3人を取り囲むように集まって隊列に華を添える。人間と動物が入り乱れ、さながらミュージカルのワンシーンを演じているような気分だった。考えなくても、踊るように身体がしなる。

これだよ、これこれ！　踊るってこういうことだ！

皮膚の毛穴一つ一つから熱い蒸気のような興奮物質がとめどなく溢れ出してくる。肌に当たる風も、身体からほとばしる汗も全てが自分の踊りを賛美しているようだ。これさえあれば他には何もいらない。これさえあれば俺はどこにでも行ける。己の身一つでここまで自由な気分になれる。こんなに楽しいものを手放すなんてやっぱり俺にはできない。

「さあ着いたわ！　ここよ！」

風子さんの声で俺の妄想は一気に消し飛び、目の前にはお世辞にも綺麗とは言えない掘立て小屋が建っている。

「ここは？」

「ただの汚い小屋だと思ってるでしょ？」

「あ、はい」

思っていた通りのことを指摘されて、誤魔化すこともできず素直に答えてしまった。

「やだあ、そんなに正直に答えないでよ！　おっかしいんだから。でもこの外観から想像できないぐらい美味しいものがたくさん出てくるわよー、さあ入りましょ」

そう言うと風子さんは慣れた手つきで掘立て小屋の扉を開けた。

あたりにはいくつか民家が建っているが小屋の周りには空き地が目立つ。この小屋だけが取り残された小島のようにあたりと一線を画しているようだ。扉が開いた瞬間、中から強烈な光と共に喧騒と熱気が噴き出してきた。まるで暗い部屋の中で玉手箱を開けたような驚きが俺の心に突き刺さった。

「え？　これ、すごくないですか⁉」

「すごいでしょー！　いつもこんな感じで満員なのよ。でもちゃんと席は押さえてあるから大丈夫よ。さあ、どうぞ」

風子さんに促されて中に入ると、外観から想像するよりもずっと広かった。そしてそのスペースにこれでもかというぐらいに人がひしめき合っている。

「いらっしゃーい！　風子さん、いつもの奥の席取ってあるから！」

カウンターの中から声が飛ぶ。

「やっちゃん、ありがとう！　とりあえず生ビール三つちょうだい！」

「あいよ！　風子さんに生三つ！」

人をかき分けながら店の奥まで進むと、ぽっかりそこだけ空いているテーブルが一つ。

席に座り改めて店内を見渡すと、ログハウス風居酒屋とでも言えばいいのだろうか。高い天井には丸太の梁《はり》が何本も通り、そこに鹿の角を組み合わせたオブジェのような照明が吊るされて、店の真ん中でシンボルよろしく存在感を発揮している。

テーブルやカウンター、椅子などは丸太を切ったままの武骨な仕様になっていて、目を引いた。床にはカラフルなラグが敷かれ、一見すると山の中によくあるようなログハウスの雰囲気だが、店の活気的には居酒屋なのだ。

若いカップルからおじさんまで様々な世代のお客さんが思い思いに料理とお酒を楽しんでいる。客同士の会話が店のBGMとなり、とても居心地がいい。その中をふたりのスタッフが声を張り上げながら、注文とサーブに走り回っている。カウンターの中には調理スタッフがふたり。お客と談笑しながら鍋を振るう姿が見える。

「活気のある店ですねぇ」

鉄平が感心したように呟く。

「いいでしょここ！　私が大好きなお店なの。さっきのやっちゃんがオーナーなんだけど、館山の新鮮な魚介類を朝早くに市場で仕入れてきて出してくれるの。もともと東京のレストランで働いてたんだけど、館山に一度来たらハマっちゃったらしくて。すぐにお店辞めてこっちに移住してきたの。私もここに住み始めたぐらいの時期でまだ知り合いも全然いない時でね。新しいお店ができるっていうから見にきたのが始まり」

「はい、生お待ちー!!」

キンキンに冷えたジョッキに注がれた生ビールが目の前に勢いよく置かれた。その瞬間に喉の渇きを実感した。風の家からここまであっという間に感じたが、踊りながら来たせいもあって、かなりの量の汗をかいていた。いつもならTシャツがべったり肌に張り付くところだが、風子さんからもらった洋服は素材の通気性がいいのか、いつもよりも涼しく感じる。鉄平に至ってはスケスケのタンクトップなので俺よりも汗の引きは早そうだ。

「ありがと、やっちゃん！」

「風子さん、今日はまたずいぶん若い人連れてきたね！」

「いいでしょ！　私のボーイフレンド」

「ボーイフレンド⁉　風子さんの⁉　またまたー！　あ、でも男の友達っていう意味では合ってるか！　どうも、たてま屋のオーナーのやすしです。みんなからはやっちゃんって呼ばれてるんで、好きに呼んでやってください！」

「やっちゃんもほらお酒持って。まずは飲みましょ！　かんぱーい‼」

風子さんの号令で本格的な夜の宴が始まった。

運ばれてくる料理はどれもとても美味しかった。お刺身の盛り合わせから、ホタルイカの沖漬け、カワハギの肝和え、カサゴの塩焼き、金目鯛の煮付け、たてま屋自家製のからすみまで。中でもタコのカルパッチョは絶品だった。

風子さんが魚に合うと勧めてくれた日本酒もいままで飲んだ中で一番美味しかった。鉄平もこの店の雰囲気にすっかりハマってしまったのか、後ろの席の客と乾杯をして盛り上がっている。風子さんは相変わらずニコニコしながら店員や知り合いの客と話している。

この人、今日会ったばっかりの人なんだよな。随分前から知っているような気持ちになる。俺は人と話すのは好きだが、誰でもいいという訳ではない。最初に少し話してみて、その時に自分と気が合うかどうかが瞬時にわかる。この人苦手だなと判断した人にはそのあと一切近づかない。なので交友関係は入りの間口は広いが、広く浅くというよりは、結果、狭く深くという感じなのかもしれない。

自分がいつもいる環境、例えば学校やバイト先などで仲の良い友達はいるが、旅行先など非日常のシチュエーションで出会う人の中には特別な感覚を抱く人がたまにいる。今日の力也さんもそうだし、ロサンゼルスのダイマルホテルで出会った日本人のテリー、沖縄の素泊まり宿を経営している鉄郎《てつろう》さん、神戸のバーのオーナーのジョージさん、みんな出会ってすぐに意気投合した人たちだ。

日常から離れたくて、旅に出ていつもと違う環境でひとりで考える時間があるのはとても嬉しいのだが、心のどこかにやはり寂しさもあるのだろう。そんな時に出会う人は印象に残りやすいのかもしれない。そんなことを思いながら目の前の風子さんの顔をぼんやり見つめていると、俺の視線に気が付いたのか風子さんが言った。

「けんちゃん、食べてる？　どんどん食べてね！　あとでプリンも来るからね」

「食べてますよ。風子さん、どうして俺たちにこんなに良くしてくれるんですか？」

俺が急に真面目なトーンで質問したからか、風子さんの笑顔が止まった。

「んーそうね。実を言うとね、今日ふたりが来た時に面白いことがあって。店の中に吹いてる風の流れがいつもと変わったのよ。私ずっとあそこにいるじゃない？　そうすると感覚的に一日の風の流れがわかるのね。でもあなたたちが来た時に明らかに変わったの。これは何かあるぞと思って。興味を持ってふたりを見てたらなんとなくその理由がわかったわ」

「え？　理由って何ですか？」

「まだはっきりとはわからないから言葉で説明するのが難しいのよね。すごく感覚的なものだから。ちゃんとわかったら言うわね」

「風子さんって占い師とかですか？　何かそういう不思議な力があったりするんですか？」

「そんなんじゃないわよ。けんちゃんが思ってるような不思議な力なんてないわ。ただ、これまでに仕事でたくさんの人に会ってきたから何となくわかることが多いのよ」

「風子さんの仕事って？」

俺がその質問をした途端に、真面目な顔で受け答えをしていた風子さんに笑顔が戻った。

「そんな大した仕事じゃないのよ。いろんな人に会う仕事」

とだけ言うと、風子さんは席を立った。

俺たちが来た時に風が変わったってどういうことなんだろう。きっといいことだよな。じゃなきゃこんなに良くしてくれないだろ。ひょっとして俺たちめっちゃ有名になれちゃうとか？お酒を飲んでいたせいもあってか自分にとって都合のいい妄想がどんどん広がっていく。

「おい鉄平、ちょっと聞けよ！」

他の客と盛り上がってる鉄平を呼びつけて、風子さんから聞いたことを興奮気味に話した。

「あの人、結構すごい人だぞ！　絶対なんか不思議な力持ってる！　俺たちが店に来た時に風が変わって何かあるって思ったらしい！」

「風？　どういうこと？　お前酔ってんの？」

「そうじゃなくて！　真面目に聞けよ！　俺たち有名になれるってことなんだよきっと！　だから鉄平の言ってたデビューも本当に実現できるかもしれないぞ！」

デビューという言葉を出した途端、鉄平の顔色が変わった。

「マジか!?　デビューできる!?　来たな！　やっぱりそうか、絶対いけると思ってたんだよな！」

「今日風子さんと会ったのもきっと偶然じゃなくて必然だったんだよ！　不動産屋行かなくて良かったって！」

「本当にそうだな！　賢太についてきて良かった。賢太って肝心なところはしっかり押さえるよな」

珍しく鉄平に褒められて照れ笑いをしているところに風子さんが戻ってきた。

「あら、てっちゃん戻って来たの？　随分盛り上がってたわね」

「はい、隣の席の人がダンスやってる大学生で意気投合しちゃいました」

「そうなの？　すごい偶然ね。こんな場所でダンスやってる人と会うなんて。ふたりがきっと引き寄せたのね」

鉄平が風子さんを見る目つきが明らかにさっきまでとは変わった。風子さんの話す言葉一つ一つに敏感に反応している様子だ。

「ふたりが踊ってる姿いつか見たいわあ」

鉄平が間髪入れずに答えた。

「風子さんが言うならいつでも踊りますよ！　なあ賢太⁉」

「あ、ああ」

急に話を振られ、心の準備ができてなくて何だか曖昧な返答になってしまった。

「何ならいまここで踊りますよ！　おい賢太やろうぜ！」

「え？　ここで？　どうやって⁇」

「どうやってじゃなくて、やると決めたらやるんだよ！」

そう言うと鉄平は立ち上がって携帯電話から曲を流して、テーブルの横の僅かなスペースで踊り始めた。

まわりに人がいるので最初はリズムに乗りながら軽く踊っている感じだったが、鉄平が踊っていることに周囲が気付き始め、徐々にスペースができていく。みんな興味津々で頭にターバンを巻いた若者の踊りに注目し始めた。

やると決めた時の鉄平はすごい。クレバーな印象を持たれることも多いが、場合によっては特攻隊長の役割もこなす。踊りながらたてま屋のお客さんの注目をどんどん惹きつけていく。

こうしちゃいられない。先陣は鉄平に譲りはしたものの、ここからさらに盛り上げるべく自分も何かかまさなければ！　そう思った俺はカウンターに走り、店員にテキーラのショットを二つ注文した。二つのショットグラスを受け取ると、一目散に鉄平の元へ。

居酒屋をダンスフロアに変えて踊り続ける鉄平の前にテキーラのショットグラスを差し出す。グラスに気づいた鉄平は瞬時に俺の意図を読み取り、踊りの流れでグラスをうまいこと掴み、俺と目を合わせた。その瞬間、周囲の光景がぼんやりとスローモーションになり、流れていた音もだんだん遠く聴こえるようになっていく。

俺と鉄平の中心にすごい勢いで場の熱量が溜まっている。この光景をはるか頭上の熱量探知レーダーのようなもので認識したら台風の目のような状態になっているかもしれない。

この間わずか3秒。ふたりで持っていたグラスをカチンと合わせて一気に飲み干す。熱い液体が喉を滑り落ちて、胃に到達。焼けるような喉の熱さを感じるのと同時に、腹の奥底から身体全体へ血液がほとばしっていく。

拳を握るとビキビキと音を立てて血管が破裂しそうだ。ふたりで飲み干したグラスを天井に向かって高く掲げると、店中の客からドワッという歓声が沸いた。それをきっかけに俺は力いっぱい踊り出した。

踊りながら今日一日のことが頭の中を駆け巡る。

東京初ショウタイムの悔しい思い、全力で取り組んでいなかった自分への失望感とアメリカから引きずっていた将来に対する不安が爆発し、鉄平と喧嘩するところまでいってしまった。力也さんとの出会いで音楽業界のことに初めて触れ、未知の世界に対するワクワク感と戸惑いが生まれた。鉄平との考えの違いにぶち当たり、自分の小ささを思い知ることになった。

なんて濃密な一日だ。

その記憶を噛み締めながら床を強く踏みしめる。

振動が腰から上半身、腕を通って指先まで伝播していく。

自分の弱さへの絶望、それに対する反骨心が一瞬一瞬刷新されていく。

ちくしょうちくしょうちくしょう……もっとやれるだろ。

絶対に自分自身を諦めたくない。

破裂しそうな感情を全て身体の動きに乗せていく。

もっと、もっとだ……もっと叫べ俺の身体。

自分の踊りが場を支配している感覚がはっきりとわかった。

この場にいる全ての人間が俺の踊りだけに注目している。俺がこの場のマスターオブセレモニーだ！　と思った瞬間、目の前の携帯から鳴っていた音を遥かに上回る大音量が店の中に流れ出した。

俺はハッと我に返って音の出どころを探した。フォーカスが自動的にカウンターの中のやっちゃんにピタリと合った。にやりと笑ってグーサインを出している。

やってくれるわ。

さっき初めて会ったばかりの人から受けた粋な思いやりに、これまでの人生で最大級の武者震いが起こった。しかも俺の大好きなA Tribe Called Questの「Oh My God」をかけてくるあたり、最高だぜ、やっちゃん！　渾身のグーサインをやっちゃんにお返しして、踊り慣れた曲で再び身体を揺らし始めた途端に思った。

さっきまでと何かが違う。

なんだ？　何が違う？

音量が大きくなってテンションがさらに上がっただけじゃない。

身体の伸びがいつもよりも良くて、手を伸ばしたら軌道が線になって見える。

音が細かい粒子になって、鼓膜に染み込んでくる。

感覚の急激な進化、それに伴って明らかにダンスが上手くなっている感覚すら覚える。

ひとりで路上で練習をして、少しずつステップを覚え、時間をかけて自分の理想とするダンサーを目指してきた。踊り始めた頃から比べたらかなり上達した自信はあるが、こんなに瞬間的にしかも劇的な変化を感じたことはなかった。

踊りながら自分に内在している感覚を突き詰めていくと、これまでとは違うモチベーションがあることに気がついた。

成長したいという思いや、他のダンサーに負けたくない、自分が一番目立ってやるというエゴとはまた違うモチベーション。自分の内側というよりは外側にベクトルが向いている。今日会ったばかりの人たちへのありがたいという気持ち、何とか報いたいという気持ち、そういうものが無意識のうちにどんどん大きくなっている。

いつも踊っている時は自分の中でモチベーションとなる燃やすための燃料をずっと探していた。一度火がつくと炎は瞬く間に燃え上がり、それは踊りへと昇華して、生きている意味を感じさせてくれた。だが、火が消えたあとはいつも、真っ白な灰のような虚しさに襲われる。そこから逃げるためにショウタイムの後は仲間と酒を飲み、音に溺れて、ごまかしてきた。でも、より成長したいと思うのならば、そこから逃げてはいけない。なぜなら、炎が燃え上がっている時にしか発揮できない力ならば――そもそも煽らなければ消えてしまうような炎ならば、長続きなんてするはずがない。消そうとしても消せない炎、それが俺の中にあるのか？　俺が一番知りたいことはそれだった。

好きだからと言いながら、ずっと心許なさに揺れていた。そんな自分が不安で仕方なかった。

それが、いまの俺はどうした？　気づいたら、目の前の人たちのためにエゴを捨てて踊りに没頭していた！

身体を一つ動かす度に充足感が湧き出てくる。激情は情熱に、怒りは感謝に形を変えて俺の身体を突き動かす。

そんな俺を見る鉄平の目線も、いつもとは違う。

明らかに変わった相方の動きに触発されているのだろう。踊りたくてウズウズしているのがビンビン伝わってくる。

「賢太！　お前、今日やっべーな!!」

そう言いながら鉄平が俺の前に手を差し出してきた。選手交代の合図だ。俺はそれを一瞬で見極めると、右手で思いきり鉄平の手を弾いた。その瞬間、鉄平は両手を振り上げながら目一杯ジャンプした。鉄平がヒップホップの他にもう一つ得意とするロックダンス、通称ロッキンの始まりだ。

俺が初めてダンスを教わったZ－ROCKのタキさんが得意としていたジャンルだ。

ポイントと呼ばれる指を指すような動きとトゥエルという手をくるくると回す動きを組み合わせながら、ロッキンの由来となったLock（鍵）をかけるようなポーズでピタッと止まる。リズムをしっかり取りながら動くところは動く、止まるところは止まる、このメリハリがロッキンの命だ。

ちなみにロッキンのオリジネーターのひとりであるスキーター・ラビットは元々ギャングの一員で身体に銃弾を撃ち込まれても死ななかったという伝説はダンサーならば一度は聞いたことがあるだろう。

ダンススキルが高い鉄平はどんな時でも踊りと音を外さない、見ている側が見入ってしまうような印象をいつも与えてくるが、今日はそれに加えてテンションが明らかに上がっているのがわかる。ロッキンには正確無比な技術が求められる。同時に、道化師のような表情で踊りに華を添えたり、ダンサー本人のキャラクターを全面に出すことがポイントになる。鉄平は、弾けるような笑顔から観客を小馬鹿にしたような演技まで、踊りの中に巧みに取り入れていた。徐々にリズムを摑み出した鉄平が、意識を周囲のお客に向け始めた。踊りながら次から次へとお客を指差していく。次にバトンタッチする人を探しているのだろう。かといってこの雰囲気で急に踊り始められるやつなんて……

「おおー、俺いっちゃおうかなー!」

鉄平に指名された若者がそう口にし、周りの友達からも行け行けと背中を押されている。ただ、ノリが良いだけでダンスバトルの輪に入り、一瞬でその場の温度を冷ましてしまう光景を何度となく見てきたので、どうかそうならないようにと俺は心の中で祈った。こんないい雰囲気で踊れることなんて滅多にない。俺だってあと何回か踊りたいぐらいだ。そう思っている俺の前を、肩を怒らせながらその若者が通過していった。鉄平の前に立つと、両足で地面を強く踏みしめて、チェストポップを一発かました。

クランプだ！

表情を引き締め両腕をスイングしながら、被っているニューエラキャップを器用に使って技を繰り出し始めた。踊り終わってまだ息の荒い鉄平が横に来て言った。

「悪くないだろ？　この近くの大学生らしいんだけどさ、クランプやってるって言うからどんなもんかと思って。指名しといて下手くそだったらどうしようかと思ったけど、雰囲気悪くなかったから一か八かで引っ張り出してみた」

「そうか！　さっき鉄平が乾杯してたやつか！　確かに悪くないな。こんな場所でこんなダンサーと会えるって奇跡だな」

そう話している俺と鉄平に向かってその大学生は鋭い眼光を向けたまま踊り続けた。

気づくと彼の後ろに仲間が集まっている。

カウントがエイトを刻み、曲のちょうどいい展開が来た瞬間、目の前の5人の呼吸と動きがピタリと合った。ソロダンスから一気にチームルーティーンへ。5人の身体がまるで一つの生き物になったかのように一糸乱れぬ動きを繰り出す。時に大蛇のような禍々《まがまが》しさを纏い、時に火山が噴火したようなエネルギーがほとばしる。俺と鉄平は足踏みと大声で、称賛の意を伝えた。つられて店の客も思い思いの歓声を上げ始める。

「こいつらすげーじゃん！　かなりやり込んでるネタだろこれ!!」

「俺らもやるか！　昨日のＤＯＰＥのショウタイムのネタでいこうぜ！」

「よっしゃー!!」

ソロダンスと違い、ルーティーンはあらかじめ決めておいた振り付けを何名かで一緒に踊る。ひとりひとりの振り付けをビタッと揃えてくるチームもあれば、振り付けのヴァイブス、俺たちはそう呼んでいるが、ヴァイブス優先で、振り付けは正確に合っていなくても踊りのノリやソウルが合っていればオッケーというチームもある。ＰＲＩＭＡＬ ＩＭＰＡＣＴは後者なので、いままさに目の前で踊っているようなビタッと揃えてくる系のチームにはつい対抗心を燃やしてしまう。

自分たちはチマチマ合わせず、踊りの熱量勝負だと常日頃から心に決めていた。細かく合わせるのが苦手というのが正直なところではあったが、メンバーの個性重視だと自分たちに都合のいい解釈で考えていた。

目の前のチームのルーティーンが終わり、何人かがソロダンスを踊っている。ここまでかまされて黙っているわけにはいかない。俺は腕を組みながらその前に歩み寄った。相手は踊りながらこちらを挑発してくる。

我慢だ我慢だ。

ここで踊り始めたらせっかくの計画が台無しになる。

相手がかましてきたルーティーンを上回ってこちらの存在感を見せつけて、店の雰囲気を全部こっちに持ってくる。そのためには緻密な計算も必要だ。

俺と鉄平の考えはおそらく一致している。最初に一つ大技をかまして場の注目を一気に引きつけてから、ふたりのルーティーンでこちらのヴァイブスを見せつける。その後はソロダンスで力の限り踊って相手の戦意を喪失させる。ざっとこんなもんだろう。

そろそろ相手のソロダンスも終盤に差し掛かってきた印象だ。俺は手を腰の後ろに回し、鉄平に見えるよう指でカウントした。3、2、1、と同時に顔を前に倒し一気に屈《かが》む姿勢をとる。

その瞬間、鉄平が俺の背中を踏み台にして大きくジャンプ。空中でワンポーズ決めた後、着地しながらのゲットダウン。決まった!!

踊っていた相手の鼻先をかすめるぐらいの軌道で、鉄平がフロアのど真ん中に降り立った。場の空気が一瞬止まり、歓声が上がった。

ここからだ！

鉄平は即座に立ち上がり、俺とハイタッチをした後にふたりで相手を挑発しながら円を描いて回り始める。このタイミングでこれ以上ない曲が流れている。Eric B & Rakim の「Don't Sweat The Technique」。ヒップホップの黄金期と言われる90年代、その中でも特に92年は俺たちにとって特別な年だ。数々の名曲が生まれ、憧れのニューヨークのダンサーたちがこぞって92年をリスペクトしていたからだ。その中でも Eric B & Rakim のこの曲は特にダンサー人気の高い曲だった。

鉄平と軽いアイコンタクトをした後、ルーティーンに入る。さっきまでのチームとは違って、俺と鉄平はステップをふんだんに盛り込んだ、激しいルーティーンを披露した。DOPEのショウタイムでは客の雰囲気に呑まれ、満足のいくパフォーマンスができなかった。その失敗を取り戻すべく俺たちは躍動した。

身体全体で16ビートを刻んで、とにかくキレを重視。足元は素早くステップを踏みながら、胸の動きと頭の縦ノリで音を捉えて、力強くリズムにノっていく。

見ている観客の頭が上下に揺れだしたらこっちのものだ。まずは真正面の観客に向けて、次は上手の観客から下手へ、鉄平と向き合うタイミングもあり、踊りが発するエネルギーを360度全方位に向けて放つイメージで店中に充満させていく。

16エイトのルーティーンを踊り終えた後、鉄平がソロダンスに入った。どちらから踊り始めるかは特に決めていない。その時の感覚としか言いようがない。今日は鉄平からの日だった、それだけだ。

先ほどロッキンを披露していた鉄平が、今度はヒップホップに切り替えた。お得意の流れるようなフリースタイルの中で、ラップや音に動きをハメていく。いつもながら見ているこっちが悔しくなるぐらいの完成度だ。これを全くのアドリブでやるんだから、本当にすごい。鉄平が先に踊る時はいつも、その残像を頭に残さないように意識する。鉄平の踊りを追わないように。俺は俺の踊りで勝負すると何度も心に言い聞かせる。

相手チームのメンバーは、鉄平の実力を完全に理解したようだ。目をキラキラ輝かせながら目の前の光景を食い入るように見つめている。これで俺がしっかりインパクトを残せば勝負はつく。不思議なことに、今日に限っては全く不安がない。いつもは緊張と不安を打ち消すために、自らを鼓舞し強い気持ちを醸成してステージに向かうことばかりだったが、今日は何だろう、心が落ち着いている。その証拠に周りの観客ひとりひとりの表情がはっきりと見える。集中しているが視野は広い。こんな経験もまた初めてだった。

踊っている鉄平の背中がぼんやりとスローモーションになっていく。

俺は右足で自然に一歩を踏み出した。

鉄平が練り上げた空気の中に、俺の身体は同化していった。

「ほんっっっとにすごかった！　何よあれ！　もういまでも興奮が冷めないわよ!!」

風子さんは歩きながら俺たちに向かって捲し立てるように言った。

「あー、すごかった！　まだドキドキしてる。本当にいいもの見せてもらったわ」

お酒の影響もあってか、風子さんは店を出てからも終始ご機嫌な様子だ。そう思ってもらえるのは本当に嬉しい。自分自身でも今日はいつもと違う感覚が生まれた実感があった。

鉄平からバトンを受け継いでのソロダンスは、まるで自分だけ別の世界にいる感覚だった。かといって現実の世界から離れているわけではない。観客の声援も流れている音も、その場の熱気まで敏感に感じることができた。そのうえで自分の感覚が動くたびに研《と》ぎ澄まされていくような……一言でいうなら最高の時間だった。

「あー！　楽しかったぁ!!」

夜の海風が心をよりオープンにしてくれたのか、俺は吐息と共に大きな声で叫んだ。

「今日の賢太はすごかった！　あいつらマジでビビってたぞ！」

鉄平に言われて高揚感はさらに増していく。

今日がずっと続けばいいのに、本気でそう思えた。

「今日はふたりともウチに泊まっていきなさい！　ね！」

「え!?」

風子さんからの突然の提案に俺と鉄平は思わず顔を見合わせた。

時刻はもう夜10時を過ぎている。このあたりの終電は何時なのだろうか？　楽しすぎて今夜どう過ごすかをまるで考えていなかった。提案はありがたいが、風子さんは女性だし、そこが一応気になるっちゃ気になるところではある。二つ返事で行きますと答えたらなんか軽いやつらみたいに思われないだろうか？　でも風子さんはそんなこと全く気にせず誘ってくれている感じもあるし、素直に泊まらせてもらう方がいいのか？

そもそも旦那さんとかいないのだろうか？　子供は？

でも、いまさら訊くのもなんか変な感じだ。横を見ると鉄平もどうしたらいいか悩んでいる様子だ。お互いにアイコンタクトでどうする？　行くか？　いやさすがに泊まるのはまずいだろう的なやりとりをしている間に風子さんは軽くスキップをしながらどんどん先に進んでいく。今日一日ここまでお世話になっておいて、ここで失礼しますとはなかなか言いづらい状況だ。

「家に美味しい赤ワインがあるのよ！　ぜひふたりに飲んで欲しいわ！　マルタのプリンもお土産にしてもらったから、これも食べましょう」

嬉しそうに話す風子さんを見て、もう泊まる以外の選択肢はないと実感した。それにしても風子さんまだ飲むのか。たてま屋でもけっこういいペースで飲んでたのに、仕上げは赤ワインって。この人は一体何者なんだろう。

泊まると決めたら風子さんがどんな家に住んでいるのか、俄然興味が湧いてきた。海からの坂道を上り、国道に戻ると風の家とは逆の方向へと3人で歩いた。

街灯はほぼないに等しいが、月のあかりで道路の真ん中の白線がぼんやりと浮かび上がって見える。今夜はどうやら満月らしい。

「ねー、この白線の上だけ歩いていきましょ！」

風子さんはそう言うと、道路の真ん中の白線を踏みながら月あかりが照らすほうへと歩いていく。やることがつくづく少女みたいな人だ。

「風子さん！　そこ道の真ん中で危ないですよ！」

「大丈夫よ。こんな時間に車なんか来やしないわ。ふたりもいらっしゃい」

風子さんに言われると妙に納得してしまった。

「道路の真ん中を歩くのってちょっと罪悪感あるけど、やると子供の頃のこと思い出すよな」

「『スタンド・バイ・ミー』みたいだな。あっちは線路でこっちは道路だけど。あのシーン大好きだったなー」

鉄平がそう言うと風子さんは嬉しそうに笑いながら言った。

「『スタンド・バイ・ミー』、私も大好きよ。じゃあ私リヴァー・フェニックスね」

「いや、そこはいくら風子さんでも譲れないですよ！　俺がリヴァー・フェニックスです！」

月あかりの下で、そんな言い合いをする風子さんと鉄平の後ろ姿は本当に映画のワンシーンのように幻想的だった。しばらく歩くと、風子さんがこちらを振り返って山のほうを指差しながら言った。

「あそこが私の家。ここから少し登り坂になるわよ」

指された方向を見ると、山の中に白いマンションが見える。あたりに建物は全くないので、夜の暗い山の中でその一棟だけが際立って見える。国道から坂道に入り、歩くこと数分。マンションのエントランスが見えてきた。実家は一軒家なのであまり馴染みのないマンションのエントランスにワクワクしながらも、どこか緊張している自分がいた。

「風子さんの家は何階ですか？」

「ウチは10階」

エレベーターの扉が開くと目の前にドアが一つ。周りを見回しても他にドアらしきものは見当たらない。

「この階に他の家はないんですか？」

「そう、ウチだけよ。さあ上がって」

風子さんに続いて家の中に入る。白を基調とした玄関は足元の大理石が天井からの光に反射してどこか神秘的な雰囲気を感じさせる。一際目を引くのは玄関横の棚の上に飾られている花の飾り物。真っ赤な薔薇にオレンジ、紫、黄。色とりどりの花に加えて緑の葉が隙間を埋めるように絶妙なバランスで配置されていて、作品としての完成度の高さを感じる。これが華道というものなのだろうか。そんな花に目を奪われていると、心地よい風が左の頰を撫でた。風の吹いてきた方向を見ると、部屋の奥の大きな窓を風子さんが開けている。

「今夜は満月だから海に綺麗なムーンロードができてるわ」

風子さんに誘われてベランダに出てみると、目の前には広大な海が広がり、空に浮かぶ満月が海の上にまっすぐ光の道を照らし出していた。

「こんな綺麗な光景初めて見た」

あまりの美しさに呆然としている俺たちに風子さんが赤ワインのグラスを手渡してくれた。

「いいでしょここ。朝もいいけど夜もいいのよね。今日は満月だから特にいいわね。あなたたち本当に運がいいわ。ここまで綺麗な夜は滅多にないもの。さ、まずは乾杯しましょ！　このワインは私のとっておきだからきっと美味しいわよ！　はい、かんぱーい!!」

3人のワイングラスを合わせた音が静かな夜に優しく響いた。

「本当だ！　このワイン美味しいですね」

鉄平が嬉しそうにすごい勢いでワインを飲み干す。

「そうでしょ？　私が前に大きな仕事をやり遂げた時、記念に買ってずっと置いておいたものなの。あの時は仕事のことしか頭になくてね。同世代の友達は恋愛したり結婚したりしてたけど、私はとにかく仕事人間だったから。その時の反動なのかしらね、いまじゃこんな生活送ってるけど」

「え？　じゃあ、めっちゃ貴重なワインなんじゃないですか⁉　俺こんなに一気に飲んじゃって……すみません」

本気で反省している鉄平を見て、風子さんが大きく笑いながら言った。

「やだーてっちゃん！　いいのよ！　飲む時はそんなこと気にせずバンバン飲みなさい！　あなたらしくないわよ！　まだまだ飲んでほしいワインはたくさんあるから、いっちゃいなさい！」

「え？　まだあるんですか⁉　じゃあ、お言葉に甘えて……いただきます！」

今夜の鉄平はなんだかお茶目だ。いつも人当たりは良いが、人との距離感はそこまで近いほうではない。いいやつだがどこかミステリアスで、常に緊張感を持っている印象。他が砕けていても鉄平だけはしっかり理性を保っていることがほとんどだ。風子さんがいるからなのか、今日の鉄平はとても人間的に見える。改めて部屋の中を見回すと、とにかく広い。10階に一世帯しかないから広くて当たり前なのだが、大きなリビングにはアンティーク調のソファや家具が並び、至る所に花が飾られている。

「風子さん、お花好きなんですか？」

「そうね。好きだし、もう好きを通り越してるって感じかしらね。ずっと花に関わって生きてきたから、花があるのが当たり前なのよ」

「花に関わって生きてきたって、そういうお仕事をされていたってことですか？」

「そうね。そんな感じよ」

風子さんがこれまでに何の仕事をしていたのか、今日一日で何回か訊いてみたがハッキリとした答えは教えてくれなかった。何か言えない理由でもあるんだろうか。とても知りたい気持ちはあったが、知らないなら知らないで風子さんのミステリアス具合に拍車がかかってそれはそれで面白いと思えた。

「風子さん、俺酔っ払ってきちゃいました一！　こんないい家でこんな美味しいワイン飲んだの初めてだからテンション上がっちゃって！　もう、今日はなんか……最高です!!」

「いいわよ、もっと酔っ払って。あたしも付き合うわよー！」

「ホント風子さんって、サイコー！　風子さん大好き！　カンパーイ!!」

鉄平がこんなに酔っ払っている姿を見るのは初めてだ。いつもは俺が酔っ払って鉄平に迷惑をかけることがほとんどなので、今日は稀《まれ》に見る選手交代か。そんなことを考えていると、酔いがスーッと覚めてきた。

盛り上がるふたりを置いてベランダの椅子に座って月を眺めた。今日一日いろんなことがあったな。まさかこんな展開になるとは思ってもみなかった。最悪の朝から始まって力也さんと出会い、自分の知らない世界の扉が少し開いた。未知の世界に対する好奇心と少しの不安が生まれ、将来に向けての焦りは依然として強く感じていた。そして、風子さんと出会い、自分のためだけに踊っていた過去から一歩踏み出すことができた。それによっていままでとは違う世界が見えた。歯を食いしばることより、肩の力を抜いて周りにいる人の顔を見ること。当たり前のことに感じるけど、全くできてなかったな。

東京に憧れて、それを追い求める中で誰かと競争している感覚が常にある。ライバルたちの動向を常に気にして、それを上回るためにいま何をすべきか？　スピード感、努力量、昨日の自分より今日の自分、たまに心が疲れていると感じる時はまだ自分が弱いからだと思い込んでいた。

こんなにゆっくり月を見ることが最近はできていなかった。その時間すら惜しかった。でも今日はこの時間が自分に必要なんだと思える。館山という場所がそう思わせているのだろうか。

「何ひとりでたそがれてんだよー」

鉄平がワインのボトルを持って隣の椅子に座った。

「あれ？　風子さんは？」

「寝ちゃったよ。おつまみ取ってくるって言って全然帰ってこないから、奥の部屋見てみたらお姫様が寝るような大きなベッドで眠りにつかれてました。本当、何者なんだろうな？　だってこの家とかすごくない？」

「ああ、すごいよな。何してる人なのか気になって今日何回か訊いてみたけど、はっきり答えてくれなかった。お花関係のことやってたとは言ってたけど」

「俺も訊いたけど全然教えてくれなかったもんな。謎だわ。しかもここにひとりで住んでるんだろ？　結婚とかしてないのかな？」

「うーん、どうだろ。でも全部謎なほうがなんか風子さんっぽくない？」

「なんだよそれ！　俺はめちゃ気になる！　明日絶対教えてもらう」

他人のことを鉄平がこんなに訊きたがるって、普段はあまりないことだ。

「鉄平、今日けっこう酔ってるよな？　珍しくない？」

「ああ、そうだな。なんか風子さんの前だといつも張ってるガード張らなくていいんだよな。ていうかガード張っててもあの人関係なく距離詰めてくるんだよ。しかもそれが全然嫌な感じじゃないの。だからついついあっちのペースで飲んじゃったな」

「やっぱりいつもは意識的にガード張ってるんだ？」

「意識的なのか無意識なのか、もはやわかんないけど」

「今日はいつもの鉄平とは違う感じで新鮮だわ」

「何だよそれ」

「この赤ワイン美味しいよな」

「うん、美味しい」

「こんなにゆっくり月見ることないよな」

「そうだな」

「こんな一日になるとは思ってなかったな」

「うん。思ってなかった」

涼しい夜風が海のほうから吹いてきて、俺たちはしばらく黙ってワインを飲んだ。たてま屋では喧騒の中で楽しくお酒を飲んでいたが、ここには俺と鉄平のふたりしかいない。あまりにも静かな場所で酔いも覚めてきたのか、味覚も敏感さを取り戻しつつある。赤ワインの渋みが口の中をキュッと締めつける感覚が心地よい。10階のベランダから見下ろす館山の夜の海は神秘的な光を放ちながら、全てを受け入れてくれるような鷹揚さを感じさせた。気づいたら俺は、

「最近どうなの？」

と鉄平に訊いていた。

「何だよいきなり」

「いや、ずっと一緒にいてもお互いの思ってることとってあんまり話してないなと思ってさ」

「最近か……そうだな。毎日バタバタしててゆっくり考える時間全然なかったな。踊りの面で言うと、最近はロッキンが楽しいかな」

「そんな感じするよね。今日のバトルの時もいいの出てたし」

「うん、いままでずっとヒップホップやってきてさ、めっちゃ楽しかったんだけど、ロッキンって型があるじゃん？　技もそうだけどこうすると良いっていう踊り全体の流れが確立されてて、それを一つ一つ解明して覚えていくとさ、自分の中に踊りの知識が貯まっていく感じがして気持ちいいんだよね」

ノリだけではなく、しっかりとしたロジックも求める鉄平にはロッキンが性に合っているのかもしれない。酔っているのもあるのか、鉄平はロッキンに関しての熱い思いを話し続けた。

「もうちょい研究してそのうちロッキンだけのショウタイムもやってみたいな」

「え？　そうなったら俺たちロッキン覚えなきゃいけないの？」

「いや、その時はロッキン踊れるやつ集めて別のチーム組もうかと」

「この浮気者！　PRIMAL IMPACTを見捨てる気か！」

「冗談だよ。賢太は最近どうなの？」

「俺は踊りに関してはポッピンがやっぱり楽しいかな。もうちょっとうまくなってヒップホップとうまいことミックスしたスタイルを確立したいと思ってる」

「賢太はそれが合ってるよな」

「うん、あ、でも……違うな。そうじゃないな」

鉄平の話からの流れで踊りのスタイルの話をしたものの、吐き出したい思いはそのようなことではなかった。いまこの場なら、言える気がする。こちらの様子を窺う鉄平の目を見つめて俺は胸の内を話し始めた。

「……行き詰まってるわ。踊りっていうか、人生に。そのことに今日改めて気づいた」

「どういうこと？」

「就職活動せずにダンスして鉄平たちとPRIMAL IMPACTを組んで、いい感じだと思ってた。大学の同級生たちはみんな就職していく中で、そいつらのことダサいって思ってる自分がいた。俺はダンスで食っていくんだって。でもアメリカ行って、同世代のやつらがしっかり将来を見据えて生きてるのを目の当たりにして、めちゃくちゃ不安になってさ。俺、そこまでダンスに本気で懸けれてんのかなって。やっぱりちゃんと就職してるやつらのほうが正解だったんじゃないかって思えてきて。今日、鉄平が力也さんとデビューのことについて話してた時も、まだ葛藤してる自分がいて、何か軸ブレブレなことしか言えなかったし、現実的なこと何も考えられてないんだって思った。正直めっちゃ凹んで、これまで自分が見ないようにしてた不安とか全部出てきちゃって。でもそれでも何とかなるだろうって思ってる自分もいて、それにまた凹んで。俺の将来やべーなって感じ」

仲間であり、ライバルでもある鉄平に自分の葛藤を話すことにずっと抵抗を感じていたが、話し始めると止めどなく言葉が溢れてきた。

「賢太がそんなふうに思ってるなんて知らなかった。いつも賢太は自分の好きな感じとか世界観がハッキリしてるからそんな悩みなんてないと思ってた。なんかちょっと安心したわ。こんなに悩んでるの俺だけかと思ってた」

「鉄平も悩むことあんの？」

「そりゃあるよ！　めっちゃ悩んでるよ！」

「え？　何を？　いつもしっかり考えてるし、失敗しないし、踊りだって悩むところないだろ？」

「悩みだらけだよ。踊りのことも、将来のことも。いつまでたってもＳＨＩＮＺＯさんの生徒としか見られないし……」

さっきまで上機嫌だった鉄平の声のトーンが明らかに下がった。

「そうなんだ……ちょっと安心した」

「なんでそこで安心するんだよ。あ、でも俺と同じか」

「話してみないとわかんないもんだな」

「実はさ……俺、大工辞めようと思ってる」

「え、マジ？　なんで？」

「ずっと考えてたんだ。仕事してるとやっぱり昼間は動けないし、賢太みたいに常にダンスに時間を使えるのが正直羨ましかった」

鉄平がそんなふうに思っていたなんて。俺からしたら、社会人としての顔を持ちつつダンスもして、俺より遥かに将来のことを考えていると思っていたのに、ないものねだりとはまさにこのことか。

「ダンスに１００％集中したくて、親父にそのこと伝えたんだ。そしたら、案の定大反対。親父は俺に家業継がせるつもりだったから、ダンスやるって言っても全く理解してくれなくて。仕事辞めるなら家出てけって言われてさ。まだギリギリ粘ってるんだけど、25歳までに結果出さなかったら家を継ぐか、家出るかどっちかにしろって言われてる」

「そうだったんだ。知らなかった」

「大ちゃんにも言ってない。あと3年しかないから正直焦ってるのはある。だから今日力也さんと話した時にこれだ！　って思ったんだよね。デビューしたらきっと親父も認めてくれるって」

「そっか。だからデビューにこだわってたんだ。3年ってあんまり時間ないよな。別にデビューしなくてもいいなんて言って、俺、鉄平の事情を全然わかってなくて……ごめん」

「いや、俺が何も話さず勝手に自分の考えで突っ走っちゃっただけだから」

お互いが抱えている問題に触れ、夢と現実の距離感が重くのしかかってくる。しばし、無言の状態が続いた。目の前の海がどんどんその黒さを増していくような錯覚に襲われて、俺はそれを振り払うかのように頭を振った。

「鉄平っぽいよな。こうって決めたら一直線な感じ」

「そうかな？　それ褒めてる？」

「褒めてるよ。でもデビューが本当に実現したらいいよな。どんな感じか全く想像つかないけど」

「俺もわからないけど、このままダンサー続けてずっとクラブで踊ってても先は見えてると思う。SHINZOさんだって活躍してるけど、いまだに実家暮らしだし。ショウタイムのギャラ、レッスン料、バックダンサーとかの仕事をバンバンこなしたとしても、実際月に50万稼げたらいいほうだろ？　それだと年収600万だぜ。大工とあんま変わんないし。まあ好きなことと仕事にできてるっていうのはあるけどな」

「確かに現実的に考えると、ダンサーだけでいくのも厳しいのかもな。デビューしてテレビ番組とか出たらもっと金もらえんのかな？」

「テレビ出たら金はめちゃくちゃいいだろ！　聞いた話だとCM出るとギャラで何千万円とかもらえるらしいぜ！」

「そんなに⁉　じゃあCMたくさん出てるタレントってめっちゃ稼いでんだ⁉」

「だろうな。相当もらってると思うぜ」

「いいなー、CM出るの夢だなー」

「そのためにはデビューするしかないんだって！」

夜空を見上げると、真っ黒い空に無数の星が光っている。

「デビューか。あ、待って、いま星見てたらめっちゃデビューできそうな気がしてきた！」

「ホントかよ」

「ホントホント。あーこれは間違いないわ。PRIMAL IMPACTで歌番組出てる画《え》が完全に見えた」

「じゃあ、それを実現させようぜ」

「お願いします」

「一緒にやるんだよ！」

「その辺は鉄平に任せた！」

「俺だって何もわかんねーよ！　みんなで考えるんだって！」

「でもけっこう本気で思ってるかも。鉄平のめちゃ真剣なところ、俺はまだそこまでいけてない。これまでダンスに関してライバルって思ってたけど、そもそもの部分で俺はまだ足りてない。鉄平と大ちゃんは社会に出て、ちゃんと働いてるのが大きいと思う。あといま話してくれた親との問題があるから尚更、真剣になるよな。俺と柊はまだ大学生で親の脛齧《すねかじ》りながらダンスやってるから、客観的に見ると全然説得力がない。その状態でダンスで飯食っていくなんて言ってた自分が恥ずかしい」

「そこまで思うことないだろ。大学生の中では賢太は絶対真剣なほうだと思うぜ。俺もまだまだだし。昨日のショウタイムも調子に乗ってスベってたし」

「確かに」

「確かに、じゃねーよ！」

「でも言えて何かスッキリした」

「俺たちまだまだこれからだな」

むず痒さを感じながらも、鉄平との心の距離がグッと近づいた感覚があった。昨日の喧嘩を乗り越えていま、ふたりの向いている方向はリンクしてきている。

「話変わるけどさ、今日たてま屋で踊ってる時の賢太、いつもと全然違ったぞ。何があった？」

鉄平が興味津々な眼差しを向けている。

「いや特に何があったってわけじゃないんだけど、今日風子さんと会ってさ、めっちゃ良くしてもらったじゃん？　初めて会った若造にここまでしてくれるって、あの人相当優しいと思うんだよ。見返りも求めてないし。俺たちのダンス見たわけでもないし、単に俺たちふたりっていう人間に対して優しくしてくれたわけじゃん？　それを思ったらなんか絶対お返ししなきゃなと思って。そんなこと思いながら踊ってたらいつもとは全然違う感覚が生まれてさ。クラブで踊ってる時の、自分をかっこよく見せるとか、とりあえずかましてビビらしてやるみたいな気持ちが全くなかったんだよね。たてま屋の人たちもみんないい人だったし。この人たちに感謝の気持ち伝えなきゃって思ってたら自然とあんな踊りになってた」

「そういうことか。いつもの賢太の踊りってキレキレでかっこいいんだけど、心の中で俺のほうが上手いって思ってるところ、正直あったんだよね。でも今日はそんな気持ちが湧かなかった。見ててすげーワクワクしたし、ずっと見ていたいって思えた。のびのびめっちゃ楽しそうに踊ってる感じで、これまでの賢太から一皮剝けた感じがした。偉そうな意味じゃないよ。素直にそう思った。一緒に踊ったら自分のことも引き上げてくれそうなパワーを感じて、とにかく早く一緒に踊りたかった」

「そうなんだよ。踊るごとにどんどん楽しくなってきてさ、このままいったら何でもできちゃいそうな感覚だったんだよな」

「その感覚欲しいな。くれ」

「イヤです」

「いーじゃんかよ！　俺もその感覚味わってみたいっつーの！」

「俺もまだどうやったらああなれるかわかんないから。でもこれまでずっと反骨精神だけでダンスやってきたけど、それじゃダメなのかもってちょっと思った。自分のことだけ考えるんじゃなくて、もっと人の役に立てるような存在を目指したほうがいいのかもしれない」

「もっと成長しなきゃな。ダンサーとしても、人としても」

鉄平が空いたグラスにワインを注ぎながら言った。

「今日、たてま屋で踊った時のあの感覚、その場にいる全ての人が楽しんで一つのことに集中してる状況をこれからどんどん作っていきたいな。ＰＲＩＭＡＬ ＩＭＰＡＣＴの踊り、パフォーマンス、人間力でたくさんの人を喜ばせていったら、その先にデビューっていう形があるんだと思う。俺たちはミュージシャンじゃないから音楽は作れないけど、踊りを使ってみんなが熱狂する場をどんどん作っていけばいい」

「賢太ってそういう概念的な発想がうまいよな」

「そうかな？」

鉄平が腕組みをしながら言う。

「俺は現実的に目標を決めて、逆算して道筋を作るタイプだから、賢太とある意味真逆なのかも」

「それめっちゃ大事だよな。俺もそういう考え方身に付けなきゃだ。いきあたりばったりになりがちだから」

「でもそれの強さもあるよ。風子さんとの出会いなんてまさにそうじゃん」

今日風子さんと出会ったシーンが頭をよぎる。自然と風子さんと仲良くなれたのは確かに自分の性格のせいかもしれない。もし鉄平だけだったら、ああはなっていなかっただろう。

「お互い違う人間だし、ないものを補い合う関係性を築ければいいのかもな」

「なんかワクワクしてきた。俺たちいけるよ。みんな個性強いけど、認め合えるじゃん？　これまでの単なるダンスグループを超えた、もっと大きな存在に絶対なれるよ」

「今日のこの気持ちを絶対忘れないようにしよう。まだワイン残ってたっけ？」

そう言って、ワインのボトルに目をやると、鉄平がボトルを夜空に向けて高く掲げた。

「このワインに誓おう！」

注いだグラスを手に取り、立ち上がる。

「本当に今日で運命が変わるかもしれない……この時間の中で覚悟がどんどん固まってきてる。鉄平と話せて良かった」

照れ臭そうに笑う鉄平に目線を向けると、ふたりの間の空気が熱を帯びた。

「今日言ったことを俺たちで必ず形にするって約束しよう」

「かっこいいこと言いやがって」

「本気でやろうぜ」

鉄平が力強く頷いた。力一杯息を吸い込み、目の前にいる鉄平の目の奥まで見透かすような気持ちでグラスを合わせる。

「乾杯!!」

キーンという音が、館山の夜の闇に鳴り響いていく。

心の中に信念の炎が灯り始めたのを感じた。

# 第八章　現実への帰還

眩《まばゆ》い光の中、俺はステージで無我夢中で踊っている。

いままでに見たことがないレベルの発光量と遠くのほうから聞こえてくる歓声。声のするほうに向かって進んでいってもその正体は一向に現れない。

周りには何人かが一緒に踊っている気配があるが、姿形は見えない。ただひとりで踊っている感じとは違うという感覚だけが、俺の身体を突き動かしている。

不意に動きが鈍くなってきた。あの時の感覚を取り戻そうと必死になればなるほど、身体はどんどん動かなくなる。足元を見ると膝から下はステージの中に埋まっている。

ステージの真下には10センチほどの暖かい水の層が、さらにその下には漆黒の何も存在し得ない空間が広がっていることが理解できた。右足はもう太腿の真ん中まで、左足は膝まで埋まっている。

嫌だ、沈みたくない。

俺まだ何もやっていないのに。

叫ぶという機能は遥か以前に失っているようだ。

ならば腕の力で抗《あらが》うまで。両手を懸命に振り回して何か摑むものがないか探す。

ぼんやりとした感覚だけが手に残り続ける中で、もう胸のあたりまで沈んでいる。

もうこれまでか。

右手が初めてしっかりとした床のリノリウムの感触を味わった瞬間、頭上から自分の名前を呼ぶ温かい声がした。

「賢太！　おい賢太！」

ん？

俺、目を閉じてる？

開ければいいのか？

恐る恐る目を開けると、自分を覗き込む鉄平の顔が認識できた。

「起きろ賢太！　めちゃくちゃいい天気だぞ」

さっきまでの人工的な光とは違う、自然の温かみを感じる光の中で俺は目を覚ました。

俺なんで鉄平と一緒にいるんだっけ？

ここはどこだ？

現実を認識するまでに少し時間がかかった。

頭の中の空白のキャンバスに昨日の色とりどりの出来事が徐々に染み出してきた。風の家、たてま屋、それから風子さんの家に泊まったんだった。

鉄平が酔っ払っているのを見て、酔いが覚めたと思っていたが実際はそうでもなかったらしい。鉄平とベランダで乾杯をした後に気分が良くなって、しばらく飲んだのがいけなかったのか、まだかなり酔いが残っているようだ。

窓から差し込んでくる朝日が強烈に目に突き刺さる。ベランダに立っている鉄平の背中を目指して、ソファから身を起こし、感覚を確かめながらゆっくりと歩いた。

「見ろ賢太！　朝の景色すごいぞ！」

ベランダに出ると、昨晩とは全く違う景色が広がっていた。

「すげえ。こんなに広かったんだ」

見渡す限り一面の海。夜の闇の中では認識できなかった海のスケール感に俺は圧倒されていた。遥か彼方に見える水平線は湾曲していて、地球は丸いんだなあという表層的な感想が頭の真ん中に鎮座して動かない。

昨晩はムーンロードで海面の一部が光っていたが、朝の太陽の光を受けて目に映る海面のほぼ全てが煌めいている。

「海ってこんなに綺麗だったんだな」

「だよな。俺もちょっと前に起きてびっくりした。このマンションだからこそ見える景色だろうけどな。あそこにサーファーいるじゃん？　あれ力也さんだったりして」

「風子さんは？」

「もう起きてるよ。朝食作ってくれてる。昨日あれだけ飲んだのにケロッとしてるよ。あの人ほんとスゲーわ」

リビングに足を踏み入れた途端、とてもいい香りが漂ってきた。焼きたてのパンとバターの香りか。キッチンでは風子さんがエプロン姿で鼻歌を歌いながらいそいそとフライパンを振るっていた。

「おはようございます」

「あら、けんちゃん起きた！　おはよう。朝ごはんいまできるからちょっと待っててね」

「ありがとうございます。風子さん、昨日結構飲んだのに全然平気なんですか？」

「うん、全然平気！　私二日酔いしたことないのよ。途中で眠くなってすぐ寝ちゃうから、朝起きた時はいつもスッキリ！　昨日はふたりでかなり遅くまで飲んでたみたいね？　先に寝ちゃって、悔しい！　私も起きてたかったわぁ！　あとで何話したか教えてね」

「あ、でもあんまり覚えてないんです。けっこうお酒飲んだからか、記憶が……何かアツい話をしてたことは覚えてるんですが。鉄平が覚えてるかもしれません」

「え⁉　昨日話したこと覚えてないの⁉」

「うお！　びっくりした！」

突然耳元で鉄平の声がして振り返る。

「賢太が言い出したんだろ？　俺たちはこれまでのダンスグループとは違って、もっとたくさんの人を喜ばせて人の役に立つ存在になるって。その先にデビューっていう道があるはずって話して誓いの乾杯しただろ？」

「それはもちろん覚えてるよ。でも、その後の記憶があんまりないんだ」

「マジか⁉　デビューしたら歌番組出る時はこんな衣装着て、こんな振り付けにしてってかなり明確に喋ってたぞ！　ステージ上の照明の色まで指定してたし。それ聞いて俺もめちゃくちゃワクワクしてたのに何も覚えてないの⁉」

「それメモってない？」

「酒飲みながらメモるか！　ったく、でも大体内容は覚えてるから大丈夫だけどな」

「あなたたちだったらデビューできるわ、絶対」

振り返ると風子さんがこちらを向いてにっこりと笑っている。酔いがスーッと引いて時が止まったように感じる中、風子さんの声が優しく胸に染み込んで心の奥で鳴り続けている。

「どういうことですか？」

風子さんにもっと背中を押して欲しくて、俺は無意識にその言葉の根拠を探るような質問をしていた。

「だから、大丈夫よ、デビュー。できるわ、絶対」

やかんのお湯がピューーーッという音を立てて沸いている。

「さあ、朝ごはんにしましょう」

テーブルの上は朝から賑やかだ。グリーンサラダにトマトとチーズの盛り合わせ、クロワッサン、目玉焼き、適度に焦げ目のついたウインナー。どれから食べようか、迷うところだ。

「はい、どうぞ。いただきましょう。このピクルス家で漬けてるんだけど美味しいから食べてみて」

大きめの蜂蜜瓶のようなガラスの容れ物にカラフルな野菜がぎっしりと詰まっている。口に運ぶと、強烈な酸味が鼻から抜けて、口の中に唾液が一気に満ちてくる。

「話は戻るけど、風子さんにデビューできるって言われると本当にそんな気がしてくるよな。なんでそんなふうに思ったんですか？」

鉄平からの質問に風子さんは先ほどと同じ笑顔で答えた。

「あなたたちはそういう人間なのよ。役割って言えばいいのかしらね。一緒に過ごしてみて良くわかったわ。他人のことを不快な気持ちにさせない、ワクワクさせてくれる。過ごしている時間の価値を高めてくれる人って実はあんまりいないのよ」

「時間の価値か。そんなこと考えたことなかったな。俺たち好き勝手にやってるだけなんですけどね」

「だからいいのよ。根がそういう人間ってことだもの。これからたくさんのことを経験していくだろうけど、いまのままのふたりでいてほしいわ。あら、ちょっと偉そうだったかしら？　ごめんなさい、そんなつもり全然ないのよ」

風子さんの話はとても嬉しい内容だったが、これから先に起こるであろう様々な困難を暗に示しているような気がして、俺は素直に喜べなかった。

「じゃあ俺たちこのままで大丈夫ですかね？　いまのままでやっていって、いつ頃デビューできそうですか？」

鉄平からの質問に風子さんは少し困ったような顔をしながら、

「ごめんなさい。時期とかまでは私にはわからないわ。私占い師じゃないのよ」

「あ、そうですよね。すみません。欲張りすぎました。風子さんだったらなんでもわかってそうだなと思っちゃって」

「ただ、あなたたちが目指している方向は間違ってないっていうのはわかるわ。ふたりで同じ方向を向いて頑張れば、きっとふたりが望んでいる方向に未来は進んでいくと思う」

「俺たちふたりが同じ方向を向いて頑張れば……っていうのは裏を返せば、将来俺たちが離れていく可能性もあるってことですか？　いまは鉄平や他のメンバーと一緒にやっていくことしか考えてないですけど、先のことはやっぱりわからないってことですか⁉　グループの中の誰かが抜けるってことですか⁉　あ、すみません」

急に自分の中の不安が口をついて出てきて、風子さんに強い口調で訊いていた自分に気付き、俺は話すことを意識的にやめた。大学時代に一緒に踊っていた仲間が離れていった後ろ姿がPRIMAL IMPACTのメンバーの後ろ姿と重なっていくような錯覚を覚えた。

「いいのよ。紅茶のおかわり淹れましょうか？」

キッチンから持ってきた新しい紅茶をカップに注ぎながら、風子さんが言った。

「これはあくまで私の考えだからそんなに重大に受け留めなくていいんだけど、聞いてくれる？」

「はい」

「あなたたちはいまの状態のまま、ずっと生きていけることが幸せだと思う？」

俺と鉄平は目を合わせた。たくさん叶えたい夢はあるけど、このままいまの状態で楽しく生きていけたら幸せなんじゃないか。でも、それって向上心がないと思われるのか。風子さんに訊かれた質問の意図を深読みして俺はなんと答えたらいいのかわからなくなっていた。

鉄平が答えた。

「もっとやりたいことはたくさんありますけど、いま一緒にいるやつらと生きていけたら幸せだと思ってます」

さすが鉄平だ。もやもやしている俺の頭の中の霧を一瞬で吹き飛ばしてくれるような歯切れの良い回答に救われた気分になった。

「そうね。それは幸せよね。でも、良かったら一つだけ覚えておいてほしいの。この先きっといろんなことがあなたたちの身に起こると思う。良いことも悪いことも。それによって進む道を変えざるを得ない人が出てきても、その人のことを責めないであげて欲しいの」

想像していた言葉とは全く違う角度の言葉だった。

道を変える？

踊りを諦めるってことか？

大学時代、一緒に踊っていたやつらといつまでも踊っていられると思っていたのに、就職という大きな流れの中で俺はひとり取り残された。

そんな彼らのことを俺は責めた？

表立って責めてはいない。

だが、心の中では一緒に踊りを続けていってくれないことに対して、怒りの感情は生まれていたし、言ってやりたいことはたくさんあった。

「この世の中にはいろんな人がいてね。誰ひとり同じ人間はいない。当たり前だけど、それってどういうことだと思う？　けんちゃんとてっちゃんも全然違うタイプでしょ。でもお互いダンスが好きだから一緒にいられる。ふたりのチームメイトもお会いしたことないけどきっとそうだと思うの。好きなことが一緒の人が集まる。これってすごく自然なことだし、人間が発展していくための本能に基づいていることなのかもしれないわね。その結果、集まった集団からたくさんのことが生まれる。小さなことから世界を変えるぐらいの大きなことまで。でもね、好きな気持ちって時に残酷なのよ。依存しすぎると自分本位になって他人を縛る可能性だってある。本人がそれを自覚していなかったら、周囲との温度差が生まれて気づかないうちにほころびが積もり積もって取り返しのつかないことになってしまう。そんな状況をこれまでにたくさん見てきたし、私自身がその渦中にいたこともあるわ。結局人間はひとりなの。自分の気持ちを振りかざして、他人に対して強要する権利なんて誰にもない。生きていく中で人間はいろんな居場所を作るけど、それはひとりひとりが持っている側面のようなものね。本質的には生まれてから死ぬまでずっとひとり。早いうちからそのことをわかっている人の方が人生を主体的に生きることができるんじゃないかと私は思っているわ。だからふたりにはお互い自立したいい関係でずっといてほしいし、もし離れることになったとしてもそれで傷つけ合うことにはなってほしくないわ。朝から説教臭くなっちゃったわね。ごめんなさい。デザートにフルーツはいかが？」

リビングに海から気持ちの良い風が吹き込んでくる。風というのは不思議だ。同じ強さの風でもその日の天気や心の在り方によって感じ方が変わってくる。気持ち良く感じた風は次の瞬間には俺の心の隙間を抉《えぐ》るように鋭く吹き抜けていく。

風子さんが話してくれたことの意味を俺はどこまで理解できているんだろうか。

まだひとりで生きていく覚悟なんてできていない。

これからグループの絆をもっと強くしていきたいし、誰かが抜けるなんて考えたくない。

ひょっとしたらそれが自分かもしれないなんてことも。

朝食を食べ終えて、風子さんの家を後にすることにした。まだもう少しこの場にいたい気持ちもあったが、いるべきではない。このまま風子さんに甘えるのではなく、自分で考えていまやるべきことがあるはず。そんな思いが募り、早く横須賀に帰ろうと思った。

「風子さん、ありがとうございました。めちゃくちゃ楽しい時間でした。俺たちみたいな若造を快く受けいれていただいて本当に嬉しかったです」

「私も久しぶりに楽しかったわ。私はずっとここにいるから、またいつでも遊びにいらっしゃい」

「帰る前にトイレ借りていいですか？」

「もちろんどうぞ」

鉄平がトイレに向かった後、食べ終えたテーブルの後片付けをしている手を止めて、風子さんが言った。

「けんちゃん、てっちゃんのことを守ってあげてね。あなたはそれができる人だから」

「え？　俺が守る、んですか？　いつも俺が鉄平に甘えてばっかりで、どっちかっていうと鉄平が俺のことを守ってくれてる感じなんですけど」

「それもあると思うけど、守ってあげて」

「わかりました」

風子さんは昨日出会った時と変わらない穏やかな笑顔で俺たちのことを送り出してくれた。たった一日足らずなのに別れる瞬間は胸が締め付けられるぐらい名残り惜しかった。夏休みに鹿児島のおばあちゃんの家に遊びに行った時に、楽しくて帰りたくなくて、どうか台風が来て飛行機が飛びませんようにと必死にお祈りしていたことを思い出した。

海沿いの道を歩きながら鉄平に尋ねた。

「なあ鉄平、風子さんが言ってた結局人間はひとりってどういうことなんだろうな？」

「んー、なんなんだろうな。恋人ができたり家族ができたりしても結局は他人だからな。生まれる時も死ぬ時もひとりなんだから、その途中でたくさんの人と関わったとしてもそれは墓場に持っていけないしな」

「なんかわかってるふうだな」

「いやそんなことないけど。ウチの親父大工だからさ、事ある毎《ごと》に早く一本立ちしろって言われてたから。ああいう年代の人ってみんなそういうこと言うんだよ。まあ、ウチの場合は仕事に関してだけどな。風子さんが言ってたことはもっとなんかこう大事なことのような気はしたな」

「そうなんだよ！　さっきからずっとそのことが頭の中ぐるぐる回っててさ。なんかすごい深いことのような気がするんだよ！　きっと風子さんの言ってることって合ってる気がするんだけど。でも、俺ひとりで生きていく自信ないわ」

「賢太は大丈夫だろ！　なんだかんだでいけちゃいそうな気がする！」

鉄平が食い気味で答える。

「俺ってそんなふうに思われてんの？　自分が思ってる自分像と違いすぎて怖いんだけど」

「みんなそんなもんなのかもな。賢太だって俺のこと、ひとりで生きていけそうだと思ってるだろ？」

「鉄平は大丈夫だろ！　ひとりでも絶対なんとかするタイプじゃん！」

「ほらな。それも俺が思ってることとずれてる。俺だって自分ひとりで生きていく自信なんて全然ないよ。いつも誰かに助けられてばっかりだ。なんとなくできるっていうイメージを周りの人間が自分に対して持ってるってこともわかってるから、いつの間にかそれを追っちゃってる自分がいるんだよな。たまに考えるよ。俺って本当は何が好きなんだろうって」

昨日からの流れでお互い胸の内を話しやすくなっているのか、俺たちは遠慮せずに意見を言い合った。

「鉄平もそんなこと考えるんだ？　言われてみると鉄平ってダンスはもちろん好きだろうけど、それ以外に好きなことって全然イメージないかも。大ちゃんは寝ても覚めても女好きだし、柊はファッション好きっていうイメージあるもんな。でもそう考えると俺って何が好きなんだろう」

「賢太は人だろ？」

「人？」

「賢太はさ、人が好きじゃん。ダンス仲間、大学の友達、地元の友達、賢太の知り合いに俺もいろいろ会ってきたけど、どこも分け隔てなくみんな仲良いじゃん。風子さんだってそうだよ。

俺ひとりだったらあんなに仲良くなれなかったし、賢太ってどんな人でもすぐに打ち解けられるじゃん。それって賢太の才能だと思う」

鉄平が自分のことを客観的に理解できているのがすごいと思う反面、面と向かって鉄平に褒められることなんていままでほとんどなかったので、嬉しいやら恥ずかしいやらでどんな言葉を返せばいいのかわからなくなった挙句、無意識のうちに憎まれ口を叩いていた。

「それって才能かあ!? それいい人ってだけじゃん! もうちょっとこう、わかりやすいやつないのかよ! こういうダンスが上手いとか、そこには俺も負けるとか!」

「なんだよそれ。俺はそれが賢太の才能だと思ったから素直に言っただけで、別にそれ以外はこれといってすごいと思うところはないな」

「なんもないの!? 一つも? 見た目がイケてるとかでもいいんだぞ?」

「見た目は……俺のほうがイケてるだろ?」

「おいー、そこはちょっと気を遣って賢太のほうがイケてる、とかいうとこだろ! お互い褒め合う流れじゃん!!」

「いや、そこ気を遣ってもしょうがなくね? あとあとわかることだったら」

「それはそうなんだけど、たまにはこういうことも必要だろ! じゃないと不安になるだろ」

「なんで不安になんの? 賢太ってけっこう自分に自信ないんだな? てかこのやりとりなん

なの？　恋人じゃあるまいし」

自分だけが騒ぎ立ててるようで恥ずかしさが込み上げてきた。話しているうちに鉄平に自分の魅力を話すように強要していたことに気づき、それは確かに自分に自信がないことの裏返しだった。情けなさと強がるエゴが入り乱れ、鉄平の顔を見られなくなった。

風子さんに鉄平のことを守ってあげてほしいと言われたことを思い出したが、それってただ単に年上が年下を守るべきというだけの意味だったのだろうか。そうだとしたら、何か自分に特殊な才能があるのかもと期待していた自分がとんでもない大馬鹿野郎だ。

「鉄平って俺に守られてるって感覚ある？」

と訊きたくなる衝動を口をつぐんで必死に抑えた。これ訊いたらめっちゃダサいやつじゃん。どんな人間なんだよ俺。

太陽は真上に上がり、強い日差しが矢のように降り注いでくる。前方を歩く鉄平の背中からは湯気が出ているように見える。途端に後方から聞き覚えのあるクラクションが鳴った。振り返るとオレンジ色のバンがこちらに向かって走ってきている。俺は咄嗟に右手の親指を空高く掲げた。

「よう、また会ったたな」

「力也さん！　こんな偶然ってあります⁉　やっぱ俺たち持ってるわ！」

「とりあえず乗んなよ」

「はい！」

俺と鉄平はバンに乗り込み、昨日力也さんと別れた後に起こった出来事を興奮気味に話した。風子さんとの出会い、たてま屋でのダンスバトル、風子さんの家でふたりで約束したデビューへの思い。

「そんないい出会いがあったんだ。さぞかし楽しい夜だったんだろうな。俺もできることなら参加したかったよ」

鉄平が嬉しそうに答える。

「力也さんもいてくれたらもっと盛り上がっちゃってたよな⁉ あ、そういえば今朝力也さん、さっき俺たちを拾ったあたりで海入ってました？」

「ああ、入ってたよ。今朝はかなりいい波が来てた」

「やっぱり！ 風子さん家《ち》のベランダから見えたサーファー力也さんだったんだ！ 絶対そうだと思ったんすよ俺！」

「俺が海入ってんのが見えたってどれだけ目いいんだよ。その風子さん家ってどこにあんの？」

「力也さんが入ってた海のちょうど真正面の山の中に建ってるマンションです」

「それひょっとしてポツンと一つだけ建ってる真っ白いマンション？」

「そうです！　それです！」

「あのマンションいつも海入ってる時に見えてさ、山の中に一つだけ建ってるからちょっと近寄り難い雰囲気があって、一体どんな人が住んでるんだろうと思ってたんだよね。あそこに住めたら海の目の前だし最高だろうなと密かに思ってた」

「今度風子さん紹介しますよ！　力也さんだったら絶対気に入られますよ。そしたらあの家好きに使わせてくれるかもしれないっすよ。あそこめっちゃ広くて風子さんひとりだと広すぎるもんな？」

鉄平からの問いかけに軽く頷き、ソファにもたれかかった。鉄平は力也さんとまだ話を続けている。両腕を上げて大きく身体を伸ばし、喉の奥から熱い息を吐く。頭の中のごちゃごちゃが幾分取れた気がする。あのタイミングで力也さんに会えて本当に良かった。昨日会ったばかりなのにこの安心感といったら。このバンにずっと乗っていられたらいいな。

「そうだ、賢太！」

力也さんに呼ばれて俺は運転席まで身を乗り出した。

「昨日、別れ際に賢太が当時のバンドメンバーといまでも会ってるのかって訊いてきたじゃん？」

「はい。それがどうかしましたか？」

「ふたりと別れた後、急に連絡来たんだよ」

「えーーー！　本当ですか!?」

「ああ、3年ぶりぐらいだったから俺もめっちゃ驚いたんだけどさ」

「どんな内容だったんですか？」

「元気でやってるか？　みたいな。あっちも元気でやってるみたい。で……久しぶりにやりたいなって」

俺は鉄平と目を合わせた。

「やりたいなって、バンドをですか!?」

「そう」

「マジすか!?　すげーーー!!　絶対やったほうがいいすよ！　力也さんがどう思われてるか全然わかんないすけど、絶対やったほうがいいっす!!」

「そう思う？　なんか賢太に言われるとそんな気になってくるな。でもあっちも本格的にやろうってわけじゃないと思うんだ。とりあえず遊びでいいからまた軽くやってみたい的な感じなんだと思う」

力也さんは話しながら煙草に火をつける。

「それでも全然いいじゃないっすか！　うわーなんだろう俺マジで嬉しいっす！　やる時絶対呼んでください！　絶対見に行きます！　なんなら後ろで踊ります！」

「それ面白いな！　俺らがバンドやって賢太と鉄平が踊ってくれたら」

「俺たちめちゃくちゃ気合い入れて踊りますよ!!」

力也さんが照れながらも嬉しそうな表情をしているのがこちらも堪《たま》らなく嬉しかった。

「昨日ふたりに会ってすぐのことだったからさ、なんかふたりが持ってきてくれたような気がしてて、次いつか会えたら伝えようと思ってたんだけど、まさかこんなにすぐ会うとはな」

「なんかこの2日間いいことずくめだな。昨日のクラブのことだけなければ」

「それ言えてる」

車内に笑い声が溢れた。

一度は音楽の世界に挑戦したバンドがやむを得ず離れてそれぞれの人生を歩み、数年の時を経て再び巡り会う。どんな顔をしてメンバーは再会するのだろうか。数年の歳月は彼らに何をもたらして何を奪っていったのか。

俺と鉄平の間にもそんなことがこれから起こるのだろうか。テレビや雑誌で目にする有名グループ解散のニュースはこちらの話のネタぐらいにしか思っていなかったが、力也さんのバンドの事情に関しては不思議と他人事に思えなかった。

車は館山の駅に着き、力也さんから次の現場があると伝えられ、名残り惜しかったが車を降りた。

「楽しかったよ。気をつけてな。また」

「はい！　力也さんもお気をつけて。活動再開したら絶対連絡ください！」

「どうなるかわからないけど、ふたりに自信持って見せられるような状態になったら連絡するよ」

「はい！　楽しみにしてます！」

「俺たちみたいになんなよ」

「え？」

「お前らふたりは何があってもずっと一緒にやっていくんだぞ。負けんなよ」

それだけ言い残すと力也さんは昨日と全く同じようにクラクションを鳴らしながら、走り去って行った。

オレンジ色のバンが見えなくなるまでふたりで見送った。帰りの電車の中ではこの2日間の出来事が頭の中で止《とど》まることなくずっと回っていた。窓から見える景色が緑から灰色へと徐々に変わっていき、それと同時にいつもの現実に戻っている実感が強くなってくる。

たくさんお土産をもらったこの2日間の感覚をずっと忘れたくない。そう思うたびに自分の身体が硬直していくのがわかった。

違う。

こうじゃない。

手放していいんだ。

頭で考えるな。

身体はしっかり覚えているから。

横須賀に戻るまでそんなことを何度も自分に言い聞かせていた。


「賢太ありがとな」

横須賀中央駅まであと5分で着きそうなタイミングで鉄平が突然口を開いた。

「え？」

館山からの帰りはお互い疲れていたし、考えることも多かったせいか一言も口を利いていなかったので、鉄平からの言葉の意味を理解するのに数秒かかった。

「2日間楽しかったからさ、賢太と一緒じゃなかったらこんなことになってなかったと思う。出会った人たちみんなキャラ濃い人ばっかりだったし、これからどうしていけばいいのかめちゃくちゃヒントもらえたからマジ貴重な時間だった」

素面でも思ったことを躊躇せずに素直に人に伝えられる。自分だったら恥ずかしがって言うのに戸惑うような言葉でも、しっかりと口に出して言える鉄平はやはりすごい。

「あと3年って言ったけど、そんなこと気にせず思いっきりやりたいな」

「3年かけずにもっと早く達成しよう」

「言うねー、賢太が言うとなんか本当にできそうな気がしてくる」

電車が見慣れた横須賀中央の駅に入った。

「鉄平このあとなんかあんの？　中央で軽くメシでも食わない？」

「いいねーいこか！」

たった2日間離れていただけだが、横須賀中央駅の構内を改札口に向かって歩いていると随分と久しぶりのような気がした。この場所からまたリスタートするんだ。そんな思いが新たに生まれていた。改札を抜けてふたりでどこに行こうかと話していると、

「こらあーーーーー!!」

聞き覚えのある声と共に誰かが背中に覆い被さってきた。

「うおービックリした！」

力ずくで振りほどくと、その正体は大ちゃんだった。鉄平に覆い被さっていた柊とニヤニヤしながらこっちを見ている。

「ふたりともどこ行ってたんだよ⁉　昨日から全く連絡つかなくて、ＤＯＰＥの後どこ行ったかと思ったぞ。その感じからすると、仲直りはしたみたいだな」

大ちゃんに言われて、ポケットの中の携帯を取り出すと電源が切れている。

「そういえば途中から携帯全く見てなかったな？」

「確かに。でもあれだけ楽しかったんだから仕方なくない？」

「まあそうだな」

俺たちふたりの会話を聞いて、大ちゃんの表情が怒りを帯びる。

「何だよそれ！　何があったんだよ！　ずるいぞふたりだけで！　ＤＯＰＥでお前らの代わりに誰がクラブのみんなに謝ったと思ってんだよ！」

怒りながらも、俺たちふたりと連絡が取れなくてかなり寂しい思いをしたということがひしひしと伝わってくる。俺と鉄平は堪え切れず腹を抱えて笑った。

「ちょっ！　何笑ってんだよ！　何があったかちゃんと全部話せよ！」

「あーごめんごめん、大ちゃん。あとで話すけど、とりあえず俺たちデビューすることにしたから」

「デビュー⁉　どういうこと？　どっからどうなってその話になんの？」

「いやいや、これにはちゃんとしたふか〜い理由があってさ。とりあえず俺たち腹減ってるからメシ食わせて」

「いや、めっちゃ気になるじゃん！　メシ食い終わるまで待てないんだけど！」

鉄平と目が合った。何とも悪い目をしている。

「大ちゃんわかった！　全部話すから、その代わりにハニー・ビーでベーコンエッグチーズバーガー奢って！」

「なんで俺が奢らなきゃいけないんだよ！　柊奢ってやれ！」

「いや、何で俺が！　そこは年長者がちゃんとやってくださいよ。大ちゃん、あざーーーっす！」

俺と鉄平も流れに乗って、

「あざーーーーっす!!」

駅前で3人に囲まれて頭を下げられている男を通行人がチラチラと見ている。何とも面白い構図だ。

「わかったよ！　奢ればいいんだろ！」

「よっしゃー！　じゃあ行きますか！」

大ちゃんと柊とたわいもないやりとりをしている中で、この瞬間がとてつもなく幸せなのだという実感が湧いた。前を歩く3人の背中がいつもよりも愛おしく見える。

あれ？　俺こいつらのことこんなに好きだったっけ？

笑いながら、時おりリズムを刻みながら横須賀の街を闊歩する後ろ姿がやたらと眩しく見える。このメンバーとならどんなことでも笑って乗り越えられそうな気がする。デビューすると決めたはいいものの、どうすればいいのかは全くわからない。いままでと同じことをしていてはダメだということはわかるが、何をすればいいのか。この2日間で出会った人に言われたことを信じて、自分たちらしく進んでいくしかない。

「そういえば大ちゃん、よく俺たちがこの時間に帰ってくるってわかったな」

「すごいだろ？　俺は何でもお見通しよ」

「昨日どこ行ってたか知らなかったくせに」

「そういうこと言うな！」

「でも大ちゃんほんとふたりのこと一晩中心配してたんですよ。ふたりに何かあったんじゃないかと思って、家にも電話してましたし、今日だって仕事休んでここでずっと待ってたんですよ」

「柊、それ言うなって！」

「そんなに心配してくれた大ちゃんには申し訳ないんだけど……めちゃ楽しかったです！」

「だからー、何してたんだよ！」

ベーコンエッグチーズバーガーにかぶりつきながら、ふたりに昨日起こった出来事を全部話した。

「何か嘘みたいな話だな」

「いや本当だから」

「もちろん信用してるって！　だからこそ行けなかったのが悔しい」

「ごめんな、今度4人で行こうよ」

「絶対だぞ！　約束な！」

「わかったよ」

怒濤の2日間を終えて家に帰り、そのまま布団に倒れ込んだ。いろんなことがありすぎた。でも充実した時間だった。この場所で終わってしまいそうな不安を抱えていたことが、かなり昔のことのように感じる。

少しは強くなったかな。

でもまだここからだ。

鉄平とふたりで掲げた目標を目指して、本気で立ち向かっていこう。

今日の疲れは心地良い。身体は正直だ。

翌日から俺と鉄平は以前にも増して密に連絡を取り合うようになった。気持ちは急《せ》いているが、以前のような焦りとは違う。目標に向かって最短距離で突き進むためにアイデアを出し合う。

「DOPEのリベンジはしたいよな」

俺からの問いに鉄平が賛同する。

「それは絶対だな！」

「あと、ちょっと思ったんだけど、ショウタイムを重ねていくことはもちろん大事だと思うんだけど、この前のたてま屋で味わったような感覚を手に入れるにはショウタイムっていうよりは、もっと突発的なことが起こり得る場面に居合わせないとダメな気がする」

「それって、ソロバトルとかってこと？」

「んー、ソロバトルももちろんありなんだけど、用意された場っていうよりは、クラブタイムとか何気ない時間に、そういうシチュエーションを作り出せないかな？」

「それって難しくない？」

「そうだな。フロアがあったまって、ハネそうな空気を感じたら積極的に仕掛けていくしかない気がする」

あの日の感覚をまた味わいたい。それを求めて俺たちは夜な夜なクラブを回った。

渋谷HUDSONでは週末以外はクラブタイムメインのイベントが日々開催されていた。

フロアに出て、音にまみれ、その日限りのクラブの雰囲気を感じながら踊り明かす。鉄平とふたりで踊っていることもあれば、そのタイミングでノリの合ったやつとセッションすることもあった。

そんな日々を過ごしながら、以前、MARINEに言われたことが頭をよぎる。海外の文化に憧れ、追いかけているうちに追いかけていることが正解なのかわからなくなってくる。夢を追いかける初動で、憧れは大きな原動力となる。追い求めて、自分が持っているものとのギャップを埋めていく作業はある意味、成長を感じさせてくれるに違いない。ただ、自分ではない他の何かを追い求める作業には、どこか自我を置き去りにしていくような心許《こころもと》なさがあった。

アメリカの地で俺は憧れや刺激を感じた反面、自分の中の足りていない部分に気づかされた。逃げずに自らのルーツと向き合い、そこにプライドと希望を見出していかなければ、自分の未来が誰かの借り物になってしまうような気がした。

薄暗いクラブの中で他者の息づかいを感じながら、音楽と向き合う時間は時に楽しく、時に迷路に迷い込むような試練ともいえる時間だった。身体にまとわりつく汗と煙草の香りが、今日も一日見えない未来を夢想して踊り明かした俺たちの証となった。

「今日はいい感じだったな」

「ああ。鉄平、最近音の取り方が前よりも重くなったな」

「わかる？　なんか踊りのイメージがちょっと変わってきてさ、重く取るのが気持ちよくなってきた」

「オリジナリティがあって、すげーいい感じだよ」

「良かった！　賢太は前よりもアグレッシブになったな。音を捉えにいく感覚がシャープになった気がする」

「うん。音のハメ方をより意識するようになったかも」

俺たちは良いことも悪いことも、思ったことを共有するようになっていた。そのほうがお互いにとって有益だということを理解したのだ。

「クラブで修行続けるのもいいけど、そろそろ勝負したいよな！　本格的にＫＩＮＧ　ＯＦ　ＳＴＲＥＥＴを目指すタイミングに来てるのかもな」

「……うん」

と言ったものの、俺の中にはまだ葛藤があった。一流のダンサーたちが集結する場に、本当に自分が参加する実力があるのか？　早く登りつめていきたいと思う自分と、待ったをかける自分がせめぎ合い、鉄平に対して明確な意志表示をすることができなかった。

時刻は朝４時50分。ＨＵＤＳＯＮを出て、渋谷駅に向かって歩いている途中で携帯が鳴った。

MARINEからだ。

「もしもし」

「賢太、お疲れさま。今日はHUDSON？」

「そうです。いまちょうど出たところで渋谷の駅に向かってます」

「いま六本木出て、横須賀帰るところなんだけど、乗ってく？」

「本当ですか⁉　ぜひお願いします！」

「オッケー、じゃあ道玄坂の交番前で待ってて」

電話を切った俺が、

「MARINEさんが車乗っけてくれるって」

と言うと、鉄平はニヤニヤしながら手を振って、さっさと駅のほうへ歩いていってしまった。

あいつ、また妙に気を回しやがってと思いながら、俺はひとりでMARINEを待った。

DOPEでのイベント以来、MARINEとは会っていなかった。納得のいくショウタイムができなかった悔しさと共に、MARINEには心情を見透かされた気がして合わせる顔がなかったが、会いたい気持ちは募っていた。

お馴染みの黒いベンツが交番前に停まった。

「お待たせ」

「ありがとうございます」

久しぶりのふたりきりの空間に緊張感を抱きながら車は246を疾走していく。たわいもない話をしながら、お互いの距離感を探るような時間が流れた。このまま横須賀に帰るのはなんだか嫌だった。

「港の見える丘公園に行きませんか?」

「……いいよ」

俺の提案をMARINEは素直に受け入れた。

車は第三京浜を降りて、見慣れた横浜みなとみらいを通り、元町へと抜けていく。坂道を上がると港の見える丘公園が見えてきた。

「ここ、好きな場所なんです」

「すごい久しぶりに来た」

ふたりで横浜の街が一望できる展望台に向かって歩く。思い返せば、クラブと車の中以外でMARINEと話したことはなかった。常に音楽がある空間で話していたので、明け方の静まりかえった公園に自分たちは場違いのように思えた。

ふたりの足音だけが公園に響く。展望台に到着すると、ちょうど朝日が昇る瞬間だった。

「ナイスタイミング!」

「綺麗だね」

薄暗い空が朝日に照らされて徐々にオレンジ色に染まっていく光景をふたりで眺めた。

「前のDOPEでのショウタイム、カッコ悪いとこ見せちゃいましたけど、今度リベンジしますね」

「うん」

「うんって、そんなにカッコ悪かったですか？」

「そんなことないよ。でもRONRICOのショウタイムのほうが良かったな」

「ですよね。あの時のいいイメージを引きずり過ぎて、DOPEはダメでした」

「賢太に話したかったことがあって」

「え？　何ですか？」

「アメリカ行く前にメールくれたじゃん？　ずっと返せてなかったんだけど、私なりにいろいろ思うことがあって」

MARINEからの突然の切り出しに、心臓の鼓動が速くなる。

「賢太をSHOWBIZで初めて見ていいノリしてるなと思って、RONRICOに誘った。ショウタイムは本当に良くて、4人それぞれの個性が眩しく輝いてて、このチームはもっと上に行けるって思えた。昔、自分がアメリカにのめり込んでる時の感覚を呼び起こされて、自然とテンションが上がってた。でもそれと同時に、当時抱いてたアメリカに対する純粋な憧れの気持ちが、薄くなってることに寂しくなったのもあったのね。そのせいで、賢太がアメリカに行くって連絡くれた時に、素直に応援したい気持ちと取り戻せない過去の自分の感覚を惜しむ気持ちが混在してた。だからすぐに返信できなかった。追えば追うほど遠くなる感覚。そこに対する諦めと自分のルーツに対する新たな気づき。賢太のおかげでいろいろ考えさせられた。きっとそういうタイミングだったんだと思う」

「そんな……俺なんて」

「私が勝手に感じてただけだから。でも賢太にメール送った時にはもう気持ちの整理はついてた。自分はもう違うステージにいる。後戻りはできない。いまは遠い世界を追う時じゃない。足元をしっかり固めて、自分の内面を掘り下げていく時期だって、覚悟が決まった」

ＭＡＲＩＮＥからの突然の告白、こんな角度の内容は全く想像していなかった。ＭＡＲＩＮＥは俺に、気づきを与えてフックアップしてくれて、それゆえ尊敬の念を強く抱く存在だったが、そんなふうに思われていたなんて……。

自分にとって完璧な存在だったＭＡＲＩＮＥの等身大の言葉に触れて、これまでＭＡＲＩＮＥに対していま一歩踏み込めないと感じていた気持ちがスーッと引いていった。その結果、いままで見ないようにしてきた淡い気持ちがじんわりと胸に染み渡り、俺は目の前にいるＭＡＲ

INEの体温を強く感じたくなった。

「俺にとってMARINEさんって全く隙がなくて、自分の世界をしっかり持ってる人だと思ってました。でも、やっぱりMARINEさんも悩んだりするんですね。この前チームメイトの鉄平にも同じようなことを感じたんですけど、誰だって悩みと向き合って頑張ってるのに、俺、自分ばっかり……。MARINEさん、話してくれてありがとうございます。なんかめちゃくちゃ嬉しいです。MARINEさんが言ってた、日本人がかっこいいっていう感覚、いまなら理解できます。俺からしたらMARINEさんがかっこいいから」

そう言うと、MARINEは照れ臭そうに笑った。

「あと、これ言おうか迷ったんだけど……昔付き合っていた彼がいて、バンドマンで同じように海外にすごく憧れを抱いてる人で、才能はあったんだけど、足元が見えてない気がして私はずっと心配してた。何も気にせず突き進む彼と、慎重派の私とで徐々に嚙み合わなくなっていって、結局別れた。賢太のショウタイムを見た時に彼と同じような輝きを感じて、当時不安に思っていた気持ちを思い出した」

更なる告白に一瞬思考が停止した。

自分の気持ちに気づき始めていたこともあって、元彼とはいえ、そんな存在がいたことに勝手にショックを受けたが、過去の話だと自分に言い聞かせながら言葉を絞り出した。

「俺……もっとデカくなります！　ちゃんと足元を見据えて、ダンスを本気で追求して人に喜びを与えられるような存在になります!!」

いきなりの大声での宣言に、ＭＡＲＩＮＥは一瞬驚いたような表情を浮かべたが、すぐに笑顔で言った。

「賢太ならできるよ」

その笑顔を見て俺の中で何かが弾けた。

「……来年ＫＩＮＧ ＯＦ ＳＴＲＥＥＴに出ます！　まだ決まってないですけど……絶対に出ます!!　見ててください!!」

この場で言わなければ、もう決断できないかもしれない。そんな気がして、ＭＡＲＩＮＥの目を見つめて訴えた。

なぜ急にＫＩＮＧ ＯＦ ＳＴＲＥＥＴの話をしてくるのか、ＭＡＲＩＮＥからしたらよくわからなかったかもしれないが、目の前で熱く宣言している男の気持ちだけは伝わったのか、優しい微笑みを返してくれた。

朝日が先ほどよりも高い位置まで昇り、頬を照らす光がグッと強くなったのを感じた。ＭＡＲＩＮＥの瞳に映るその光が、俺の心の中に長い間根を張っていた葛藤を優しく照らして、消し去ってくれるような気がした。

# 第九章　夢の行方

大学を卒業した俺は心置きなくダンスを第一優先に日々を過ごしていた。

卒業と同時に東京へと引っ越し、自分の中に存在していた将来に対する葛藤や迷いはだいぶ影を潜めていた。

狭いキッチンの二口コンロでお湯を沸かし、カップラーメンを作って、勢いよく麺を啜る。実家でいつも用意されていた食事からクオリティーはかなり下がったが、自立しているという感覚は俺にとって非常に心地の良いものだった。

家の外からバイクのエンジン音が聞こえる。だんだんと近づいてきて、家のすぐ横で音が止まった。階段を登る足音がして、玄関のインターホンが鳴る。

「開いてるよ！」

声をかけると、ガチャリという音と共に、鉄平が入ってきた。

「めっちゃ、いい匂い！　俺の分は？」

「あー残念！　これラスいちだった」

「マジか」

「大ちゃんは？」

「新しい仕事の面接に行ってるよ。時給がやたら高いやつ見つけたって言ってたけど、何の仕事なんだか」

俺たちは同じタイミングで東京に引っ越し、それぞれ仕事をしながら、空いた時間で集まっていた。みんなの家のちょうど真ん中にあった俺の家が溜まり場と化していた。

「今夜どうする？」

鉄平に訊かれて、俺は答えた。

「今日夜勤なんだよ。武道館コンサートの撤去作業」

「えー、じゃあＤＯＰＥ行けないじゃん」

「早く終わったら顔出すよ」

俺の勤め先は、イベントの会場設営と撤収を請け負っていて、肉体労働の現場も多かった。たまに夜勤も入る。給料がいいのはありがたいのだが、クラブに行けなくなるので、夜勤は週２回までと自分の中で決めていた。

夜10時、イベントが終わる直前に、九段下《くだんした》にある日本武道館の入り口前に集合。10人ほどの班に割り振られ、班長から今日の撤去作業の内容が伝えられる。大工がばらしたステージの資材をトラックに詰め込む作業がメインだ。長くやっている人は顔見知りも多いようで話しながらやっているが、俺みたいな新参者は、黙々と目の前の単純作業に励むしかない。

公演が終わる時間が近づくと、ステージの裏導線に待機する。

今夜の公演はテレビの歌番組でもよく目にする3人組のバンドだ。フィナーレに向けて会場内のボルテージが上がっているのを感じる。俺はたまらず、ドアの隙間から中の様子を覗いた。たくさんの人が声を上げ、ステージから信じられない量の光が降り注ぎ、空間全てがキラキラと輝いているように見えた。暗がりの中から目を凝らして見るその光景は、明と暗、光と影を俺に自覚させた。

俺もあっちの世界に行きたい。あのステージに立ちたい。そんな思いが猛烈に湧き上がり、俺はうずくまって、声を張り上げたい衝動を必死で抑えた。

夜中3時半に撤去作業は終了。俺はバイクに跨り渋谷へと急いだ。

4時前にDOPEに着くと、クラブ内はまだまだ盛り上がっている時間だった。鉄平、大ちゃんと合流して、先ほどの鬱憤を晴らすかのように激しく踊った。

「なんであいつらが武道館でできて、俺らができねーんだよ」

帰りに立ち寄った牛丼屋で俺は鉄平に愚痴をこぼした。

「賢太がそういうこと言うの、珍しいな」

「来年にはKING OF STREETに出て、再来年には絶対デビューしてー！」

「気合い入ってんね。東京出てきてやっぱり正解だったな」

鉄平が笑う。

東京に出てきて環境が変わり、はっきりモチベーションが上がったのはあるが、俺を突き動かしているのは間違いなくMARINEとの約束だった。でも、そんなこと、3人には口が裂けても言えない。

東京での時間はあっという間に過ぎていった。

俺たちはショウタイムへの出演はもちろん、仕事のない日はほぼ毎日クラブに通った。毎晩チャンスを求め、何か面白いことが起こらないかと願いながら踊り続けた。東京のクラブにも知り合いが増え、PRIMAL IMPACTの知名度が着々と上がってきているのを感じていた。

ショウタイムには何度か、前のバイト先の久世さんも約束通り見に来てくれた。俺も久世さんのライブに行った。久世さんは中華鍋こそ持っていなかったが、ド派手なメイクでマイクを振り回し、過激なステージで楽しませてくれた。終演後には、溶けかけたメイクのまま、優し

い声で、

「横須賀帰ってきた時は、またいつでも店に来いよ。豚肉のキムチ炒めサービスしてやっから」

と言ってくれた。

そうして1年がたった6月のある日、待ち望んでいた日がやってきた。DOPEで、若手主体のイベントが開催されたのだ。

そのイベントは他でもない、KING OF STREETのオーガナイザーで、ダンス業界の有名人でもあるTAKU《タク》さんが仕掛けるということで、瞬く間にダンサーの間で話題になり、このイベントでTAKUさんの目に止まったチームはKING OF STREETへの出場を打診されるという噂が拡がっていた。

どうしてもこのイベントに出たい！ 俺たちは燃えた。何しろ、俺たちにとってKING OF STREETに出ることはもはや悲願で、デビューするには、そこで成果を出すしかないと感じていた。

そのためにはまずDOPEに呼ばれる必要があり、無事、PRIMAL IMPACTに声がかかった日には、思わず4人で祝杯をあげた。

DOPEには因縁もある。この場所で、前回のDOPEのリベンジをする！ 今回ばかりは、負けるわけにはいかない闘いだった。

とはいえ、その矛先は、他のチームというより、自分たち自身に向いているという実感があった。

イベントに出場するのは10チーム。最近の若手のなかで注目されているチームばかりだったので、彼らへのライバル意識がないと言えば嘘になるが、それだけではなかった。俺の中ではたてま屋で味わった、その場にいる人たちのために踊って、胸に込み上げる喜びと充実感を味わうという、あの体験を不動のものにしたいという気持ちが一番強かった。だからこそ、気負うよりも、徹底してその場、その時間を楽しむと決めていた。

そのためにも、前回のＤＯＰＥと同じ失敗を繰り返すわけにはいかない。楽しむためには、自信を持って集中できる状況が不可欠だった。ショウタイムの構成をしっかりと作り、今回は、万全の準備をして臨んだ。

ショウタイムは悪くない出来だった。

踊り終わった後の客の反応も上々で、俺たちはひとまず胸を撫でおろした。

出番を終えて楽屋で着替えていると、クラブのスタッフから呼ばれた。４人でついていくと、いままで来たことのないＶＩＰルームへと通された。

扉を開けた瞬間、その場にいる全員の視線を感じ、身体が硬直した。部屋の中には何人かの有名なダンサー、ラッパーに加えて一番奥のソファにオーガナイザーのTAKUさんが座っている。

「呼んできました」

そのスタッフがTAKUさんに声をかける。

「ありがと。どうも、TAKUです。ちょっと話したいことがあって、いいかな?」

迫力はあるが、物腰の柔らかい話し方で幾分緊張が和らいだ。

「実は今年の年末に、久しぶりにKING OF STREETをやろうと思ってる」

来た。噂は本当だったようだ。

「いま出場チームに声をかけてるんだけど、これまでの大御所チームばかりの流れからちょっと変えようと思ってて、若手のグループにもいくつか出てもらおうかなって」

心臓の鼓動が速くなる。

「どう? PRIMAL IMPACTも出てみない?」

音が遠くなって、意識が一瞬過去のライブラリーに戻る。港の見える丘公園でMARINEに約束した時の光景が頭の中に再生された。目の前に立っていたMARINEの朝日に照らされた優しい顔。その表情から大きな力をもらった。

「君たちの勢いでKING OF STREETを盛り上げてほしい」

TAKUさんの一言で現実に戻る。

「ありがとうございます！　ぜひお願いします！」

4人で頭を下げて、VIPルームを後にした。


楽屋には他のチームもいる。俺たちは自然とクラブの外へと向かっていた。エントランスの階段を小走りで上がり、地上に出た瞬間、喜びが爆発した。

「よっしゃーーー!!」

4人でハイタッチをして抱き合った。KING OF STREETに出られる！

それに俺にとっては、1年前に鉄平と喧嘩をして気まずい思い出が残っていた場所の記憶を書き換えることができたのも嬉しいことだった。

その日から一気に、KING OF STREETに向けての準備が始まった。やるべきことはたくさんある。時間はありそうでない。俺たちの本当の目標はさらにその先にある。これまでに見たことのない、たくさんの人を喜ばせて、人の役に立つダンスグループを作る。そのためにKING OF STREETというアンダーグラウンドダンスシーンの最高峰のイベントでインパクトを与えるということは避けては通れない道だと、改めて感じていた。

仕事をしながら、空いた時間は4人でできる限り集まった。レベルアップのためにお互い言いたくないようなことも言い合って喧嘩になったこともあった。でも、結果的にそのほうが身になると感覚的に気づいてからは、より建設的なディスカッションができるようになっていった。最終的な目標はチームを強くすること。そのためにひとりひとりが何をすべきか。弱点を認識し、改善し、ストロングポイントはより強くする。

鉄平の場合、ダンススキル、努力量は全く問題ない。ただ、頭が切れるが故に自分の意見を押し通しがちだ。PRIMAL IMPACTにとって鉄平の頭脳は間違いなく必要だが、それだけに頼るとワンマンチームになってしまう。他の3人が鉄平の考えていることを良く理解し、鉄平は3人の意見に耳を傾ける。個人の決断ではなくチームの決断ということを意識しようと話し合った。

大ちゃんは身体能力が優れているので、PRIMAL IMPACTの飛び道具としての印象が強い。アクロバティックな動きで見ている客の意識を一発で集めることができる。だが、そのあとの振り付けで時折手を抜く場面が見受けられる。明るいお調子者のキャラクターも相まって、許されてしまうことも多いが、力を込めるところをもう少し増やしてもいいのではという提案に、本人もそこは自覚していたようで、ニヤニヤしながら、もうちょっとちゃんとやりまーすと誓った。

柊は他の3人と毛色が少し違うところがあって、ダンスに対するモチベーションが若干低い。

モデルのような見た目をしているので、それがよい方向に働く時もあれば、そこに油断して詰めが甘くなる時もある。一番年下なので甘えている部分もあるのかもしれないが、良くも悪くも兄さん方に合わせてしまうので、意識改革をする時だと3人で丁寧に説明をしたら、理解したようだった。

俺は鉄平とはある意味真逆のタイプで、要領よくどんな踊りでも安定的にこなすことができるが、その反面際立ったところがあまりないと言われていた。耳が良く、音に対する感受性が優れているので、自分の感覚が捉えたものを信じて、もっと思い切ったパフォーマンスをするようアドバイスされた。

PRIMAL IMPACTを結成してから2年。気の合う仲間たちで作ったダンスグループから、プロフェッショナルな感覚を併せ持つ本気のグループへと俺たちは階段を駆け上がり始めていた。

夏が来て、秋が去り、ついに12月。

KING OF STREETが開催される日がやってきた。開催場所となるクラブEDENは横浜の本牧埠頭《ほんもくふとう》にあり、収容人数はおよそ2000人。クラブとしてはかなり大きいハコだ。市街地から少し離れた場所で、余所者《よそ》に対しての威圧感を放っている倉庫街、その中心にEDENはあった。この場所で15年の時をかけて、KING OF STREETの伝説は築き上げられてきた。

リハーサルのために夜9時に現地に到着すると、驚くべき光景が広がっていた。倉庫街から駐車場を抜けて、EDENのエントランスまで長蛇の列ができている。HUDSONやSHOWBIZ AREAの比ではない。KING OF STREETってやっぱり別格なんだ。改めてこのイベントに出演できることのありがたみを噛み締めた。

ステージも、これまでに経験してきたクラブのそれと比べて段違いにデカい。リハーサルでステージに立った時、空いているスペースが多すぎて、寂しさを感じたぐらいだ。

リハーサルを終えて外に出た時に、嬉しいメールが届いた。

裕太からだ。


日本着いた！

今日見に行くから頑張って！


実は裕太が年末に帰国する予定だと聞いて、誘ってみたのだ。裕太には自分が踊っている姿をぜひ見てほしい。シアトルで感じたことがきっといまの自分に生きているから。そして、それは紛れもなく裕太の存在があったからこそなのだ。

風子さんのことが頭をよぎったが、クラブイベントではなく、俺たちがデビューして、もっと大きなステージに立った時に見にきてほしいという思いがあったので、今回誘うのは時期尚早だという結論に至った。

深夜0時のオープンが迫るにつれて会場周辺の行列はどんどん長くなっていく。裏の楽屋口の前で練習をしていると、ダンス界の大御所たちが次々に現れる。今日この人たちと同じステージに立つんだ。ヤバいな、大丈夫か俺？　隣を見ると鉄平もどうやら同じことを考えている様子だ。積み上げてきたことを信じてステージに立つしかない。そんなことを何度も頭の中で繰り返した。

会場がオープンすると並んでいた客は一目散に走り出し、少しでもステージに近い場所を確保する。今日また新たな伝説が生まれるかもしれない。それを少しでも近くで目に焼きつけたい、そんな思いがあるのだろう。

並んでいた客が会場に入りきった頃合いを見計らって、いよいよKING OF STREETがスタートした。出場チームは全部で18チーム。間違いなくいまの日本のダンスシーンのトップランカーたちだ。2部制で各部の頭に若手が配置され、俺たちは幸運にも2部の2番手という絶好のポジションだった。

KING OF STREETの名物MCが、がなり声でイベントの開始を叫ぶ。

「準備はいいか⁉　記録じゃなく記憶に残せ！　今夜新たな伝説の証人となれ！」

会場から絶叫に近い歓声が上がる。

やはり普通のイベントではない。

客の期待値が恐ろしいほど高い。

会場に集まっている客全員が、今夜奇跡が起こることを期待している。

入りから高いテンションで始まったKING OF STREETは出場チームが出るたびに一層盛り上がっていく。1部9チームを終えた時点で、やはりこのイベントは間違いないというような空気が会場中に充満している。

「さあ、ここから、フロアを盛り上げてくれるのはぁ、この人！　DJ MARINE‼」

2部が始まるまでのDJタイム、なんとこの日選ばれていたのはMARINEだった。今日のショウタイムはなんとしてもMARINEに見てほしいと思っていたが、まさかこんな完璧な形でそれが叶うとは……。これで失敗したら、悔やんでも悔やみきれないだろう。

ステージの袖に立ち、いまから自分たちが出ていく場所を見つめる。ここが俺たちの分岐点だ。

MARINEのプレイがフェードアウトし、最初のチームのショウタイムが始まった。

なんで俺、ダンスにハマったんだろう？

目の前で踊るチームを見て、俺はそんなことをぼんやりと考えていた。

緊張感はいい意味で溶けて身体中に染み渡り、周囲の状況がしっかりと見渡せるぐらい心は落ち着いていた。

小さい頃はサッカー、ストリートバスケに明け暮れ、それがテニスに代わっても、日が沈むまでやっぱり外でボールを追いかけていた。太陽の光を全身に浴びて、真っ黒に日焼けするのが好きだった。

高校生でダンスと出会い、それまでの人生で一番没頭できるものを見つけた。ダンススクールやクラブに夜な夜な通い、ひと月に数回ステージの上に立ち、眩い照明を浴びて客の前でパフォーマンスをすることに生きがいを感じ始めた。評価されることもあったが、全く相手にされないことのほうが多かっただろう。5分の表現で明暗がくっきり分かれる。

厳しい世界だった。でも、その厳しさの中にいたいと、身体が疼いて仕方なかった。

前のチームのショウタイムが終わった。

次はいよいよ自分たちの番だ。

ステージ上に降り注ぐ拍手と歓声を感じて、自分の身体が踊りたがっているのがわかる。

焦るな……まだだ。

はやる気持ちを抑えて、ゆっくりとステージに向かって歩き始めた瞬間、突然、身体がズシリと重たくなった。

帰還不能点へと向かう身体を、脳が本能的に止めようとしているのだろうか。

無理矢理動かしてはいけない。大丈夫、大丈夫と自らに言い聞かせながら、足裏、ふくらはぎ、太もも、指、手のひら、肘、上腕、肩、首、背中、体幹、一つ一つ確認しながら、制御されている感覚をリリースしていく。

ステージから見る光景は初めて目にするものだった。一階席だけではなく二階席まで人がびっしりと埋まっている。いまから披露するパフォーマンス次第で、この光景が天国に見えるか、はたまた地獄となるか。

4人がステージに到達すると、大音量で音が響き始めた。客席に背を向けて待機していたので、ブースのMARINEと目が合った。

数秒間見つめ合ったあと、身体に炎が灯るのを感じた。

鉄平が何かを叫んでいる。それに応えるかのように大ちゃん、柊も大声を張り上げる。

気がついたら、俺の口からも、雄叫びがほとばしっていた。その瞬間、身体のロックが解除された。

再度、地面を踏みしめる足の感覚を確認して、自分が立っている場所から半径1メートルのエリアに、気を張り巡らす。隣の鉄平からも放たれる気を感じることができた。大ちゃん、柊もいい感じだ……よし、いくぞ！

踊り始めると客席からの圧力が一気に襲いかかってくる。ひとりでは太刀打《たちう》ちできないので4人で迎え撃つ。最初が一番しんどい。前のチームの残像が残っている中で、フルマックスのパワーで強引に客の意識をPRIMAL IMPACTへと持ってくることが必要になる。

最初は鉄平が作ったルーティーンから勢いよく始まる。インパクト重視で身体を大きく使い、グルーヴメインでショウタイムの口火を切った。客の目線にはまだ猜疑心が感じられる。ここで固くなったら後半まで引きずる可能性がある。焦る気持ちを抑えながら、固さもほぐして、場に自分たちの踊りを馴染ませていく。

序盤で荒くなりがちな呼吸は、柔らかく息を吐くことで調整する。

振りの後半に向かって少しずつギアをあげて、4人の動きを同調させていく。

摑みはいい感じだ。

次は俺が作った合体ルーティーンだ。たてま屋で一緒に踊った大学生の振り付けがめちゃくちゃかっこ良くて、もともと自分たちの得意とする動きではなかったが、魅せ方重視で今回トライしてみようということになった。

一定の距離を保って踊っていた4人がパッと一列に重なる。千手観音のように先頭の大ちゃんの背中から手が生える。それぞれの手の形は曲線から徐々に直線へと変化していく。ルーティーンで同じ振りを同じタイミングで踊っていた感覚を切り替えて、4人の連動感を強く意識しながら、まるで一つの生き物のように、俺たちは絡まり合っていく。

客席から歓声が上がる。それを聞いて自分の中で何かがほぐれた。

鉄平と目が合った。どうやら同じ感覚のようだ。

目の前で踊る大ちゃんの首筋に汗が光る。その汗は、PRIMAL IMPACTを結成するきっかけになった大ちゃんからの電話を思い出させた。ひとりで行き先を模索していた俺に訪れた幸運、あの電話が全てのはじまりだった。その後、どれだけたくさんの汗を一緒に流してきただろう。お父さんの入院はまだ続いているが、大ちゃんはマメに見舞いに行き、お母さんを支えて家事や仕事をこなしながら、ずっと真面目にダンスに打ち込んできた。汗は絶対に嘘をつかない。そのことを身をもって実感しているし、これからも証明していかなければならない。

今日の大ちゃんは手加減知らずで、いつもより多めに汗をかいている。

続いて、ニュー・ジャック・スウィングをベースにした柊のルーティーンで、激しいステップを軸に、一気にたたみかける。ガシガシとステップを踏みながら、自分たちが抱えている思いが客席まで届くように、身体を弓矢の弓のようにしならせて、思いという名の炎をまとった矢を次から次へと放っていく。ステップを踏むごとに、その振動が上半身、頭へと伝わり、筋肉が生き生きと動き出す。客の意識がこちらに同調してきたのがわかる。綱引きで言うと、綱の真ん中についている印が、若干こちら寄りになってきたぐらいだろうか。

高揚感からか、自分の脳内にはTONYスクールに通い始めた頃の光景がフラッシュバックしていた。膝を深く曲げて腰を落とし、爪先立ちでひたすら地面を強く踏みしめながら16ビートを取り続ける。その間、上半身、特に頭の位置は動かしてはいけない。空気椅子をしながらステップを踏んでいる感じ……とにかくキツい。だが、ある時ふと楽になる瞬間が訪れる。待ちに待った収穫期だ！　種を蒔き続けて、やっと収穫できた時の喜びはハンパじゃない。あの時の努力がいまの自分に間違いなく生きている。

夢に見たステージでそんな想いに駆られることになるとは思ってもみなかった。

客席が大きなうねりをまとい始める。自分たちの一挙手一投足がまっすぐそのうねりに反映されていく——。

俺たち4人は強く共鳴し合っていた。

肉体を酷使することで、言葉を通して会話をするより遥かに解像度の高いコミュニケーションが取れている感覚が生まれていた。

これは人間の本能に由来する感覚だろう。

素晴らしいものに出会うことができた。最高のやつらと出会えた。

これを、こいつらと一生やり続けていきたい！

気づくと俺は踊りながら叫んでいた。

それにつられて3人も叫ぶ。

その瞬間、俺たちは一つになった。

心臓の鼓動は驚くぐらい速く、汗も尋常じゃない量が吹き出していたが、爽快感が全身を駆け巡っている。このままどこまでもいけてしまいそうな感覚……たてま屋の時の感覚が再来していた。

隣を見ると鉄平がいる。大ちゃん、柊もいる。

背後にはMARINEもいる。

客席のどこかで裕太も見ているはずだ。

自分の全てを懸けて躍動している姿を見てもらいたい。

こうなれたのは全てあなたたちのおかげだから。

感謝の気持ちがこの身体を本能に乗せて突き動かしている。

「まだまだ行こうぜ！　賢太！」

鉄平からの声で放射線状に大きく広がっていた意識が、現実的なステージの上に結晶となって戻ってきた。そうだよな。まだまだ終われない。俺たちだったらもっともっと違う景色だって見られる。

「あたりめーだ!! 大ちゃんそろそろいっちゃって!!」

俺のかけ声と共に、大ちゃんがステージ中央を舞う。汗のしぶきが光に反射して、視界が一瞬スローモーションになる。着地した瞬間、会場から大きなどよめきが起こる。

「さすが大ちゃん! 持ってる!」

「当然でしょ!」

そう言いながら大ちゃんはソロパフォーマンスへと突入していく。俺たちは周囲を取り囲み、喉を嗄《か》らすほどの大声を浴びせる。仲間を煽って、同時に自分の中の不安を吹き飛ばしていく。

柊が大ちゃんからバトンを受け取った。いつも以上に気合いが入っているのが、ビシビシ伝わってくる。

「超えろ超えろー!!」

柊に自分の殻を突き破って欲しくて、思い思いの言葉をかける。妥協は一切許さないという覇気を全身で送る。できるぞ柊! 負けんな! これまでに見たことのない柊のソロパフォーマンスは観客にも伝わった。その光景にテンションが上がった鉄平が後ろから覆い被さり、突然ふたりの掛け合いが始まった。向かい合い、お互いのエネルギーの受け渡しをしている姿に、俺と大ちゃんも触発され、その中に加わった。自然と「The Creator」の時に十八番となっているアップのリズム取りのムーブメントが生まれる。それぞれがドレッドヘアを激しく揺らしながら、背中を天井に向かって突き上げる。

　その流れのまま、一際大きくアップのリズムを取りながら、鉄平のソロが始まった。いつもならスキルフルな内容をソロの尺の中にきっちり収めてくる鉄平だが、今日はそんな計算は微塵も感じられない。いきあたりばったりな雰囲気すら漂わせながら、音に合わせて身体を激しく揺らしている。

「鉄平、ヤベー!!」

「そのままやれそのまま!!」

　鉄平の動きに触発されたのか、観客の頭も上下に大きく揺れ出した。こんなに多くの人間に影響を与えられる鉄平、グッジョブだぜ。

　練り上げられた空気の中に、俺は全身で飛び込んだ。衣装を脱ぎ捨て、Tシャツ一枚になって思いっきり身体を弾く。客席に向けて、角度を変えながら自分のあらゆる側面を提示していく。ただ踊っているだけじゃない。魂を込めるってこういうことなんだ。自分の中で、どんどん感覚が研ぎ澄まされていく。1カウントの中に連続した音の繋がりを感じる。全身にウェーブを通しながら、下半身はムーンウォークでステージの下手まで移動する。場所が変わると踊りを変えたくなる。３人が俺の後についてきているのを感じた俺は、みんなと一緒に踊りたくなり、70年代のソウルダンスのステップであるエレクトリックスライドを繰り出した。左右前後へと簡単なステップを繰り返し、集団で踊って一体感を味わうこのステップをPRIMAL IMPACT流の激しめバージョンで、身体全体で謳歌する。

「イエー、最高!!」

観客から大きな声援が飛び、笑顔が乱れ飛ぶ。かっこよさだけじゃない。場を一つにして、いまここでしか味わえない一体感を味わいたい！　ひとしきり盛り上がった後、いよいよ最後のルーティーンに入る。ここまで来たら、もうあとは流れに身を任せて楽しもう。

ここにくるまでの道のりが走馬灯のように蘇る。出会った当時はいけすかないと思っていたやつと、いまこんなにもチーム感を味わっている。

志があれば人は交われる。同じ夢を持てば楽しいこともあるが、同じぐらい、ぶつかり合いもある。でもそれが全部未来へと繋がっていく。

自分たちで切り開く未来へ。

迷ったっていい。引き返してもいい。

また一歩ずつ歩き出せば必ず見えてくるものがある。それを一つずつ摑んでいこう。

ステージを踏みしめる足に最後の力を振り絞る。

まだいけるぞ。

俺たちはもっといける。

天井から降り注ぐ光の中で、躍動する自分たちの姿を最後まで信じながら踊った。

踊り終わった俺たちを待っていたのは、鳴り止まない拍手だった。満員の観客が全て自分たちのことを肯定してくれている。とにかく、ただひたすらに嬉しい。今日この瞬間のためだけに生きてきた価値があると思える。

「PRIMAL IMPACTーーー!!」

MCの紹介を受けて、笑顔で会場にアピールをしてからステージを後にした。

EDENの外に出ると、澄み切った冷たい空気が俺たちを迎えてくれた。4人の顔に思わず笑みが溢れる。力強くハイタッチを交わし、お互いを讃え合う。

「やったな！」

「ああ、やった！」

「めちゃくちゃやった!!」

「とんでもなくやった!!」

「やった以外、なんか別の表現ねーのかよ！」

鉄平からのツッコミに笑うしかなかった。嬉しい。こんなに充実感を味わえる日が来るなんて思ってもみなかった。吹き付ける風がいまはとても心地いい。身体の熱気と昂った気持ちは、冷める気配がなかった。

ＥＤＥＮに戻ると、２部のショウタイムが全て終わって、フロアはクラブタイムになっていた。ショウに触発されたダンサーたちが、激しくしのぎを削っている。

視線を感じる。フロアの客が、俺たちを見ていた。いいショウができた証拠だ。

バーカウンターの横の壁にもたれかかっている裕太の姿を見つけた。

「裕太！」

「おう賢太！　すごかったじゃん！」

「どうだった？」

「震えたよ……。賢太たちが一番盛り上がってたんじゃない？　アイツ俺の友達だって周りに言いふらしたくなっちゃったよ」

「あはは、でも、裕太に見てもらえて良かった。シアトルで感じたことが本当にいろいろあったから」

「なんか悩んでんなって思ってたけど、今日のショウ見て安心したよ」

裕太に褒められて、なんだかジーンとしてしまった。

「裕太、飲もう！　今日は俺が奢る！　で、俺の家泊まってけ！　狭いけど」

「狭いのは嫌だな！」

久しぶりに裕太と乾杯したビールの苦味は、シアトルで壁にぶち当たった苦い経験を思い起こさせた。でも、いまとなってはいい思い出、そう思うことができた。裕太をチームのみんなに紹介して盛り上がっていると、DJプレイを終えたMARINEが現れた。

「賢太、おつかれさま」

その言葉がなんだか無性に嬉しくて、俺はMARINEに抱きつきたくなる気持ちを必死で抑えた。

「おつかれさまです。今日、DOPEの時より良かったでしょう」

俺は、にやりと笑った。

「うん、すごい良かった。後ろで見てて、ひとりでテンション上がっちゃったよ」

「よしよしよしよし！　その言葉が何よりのご褒美です」

俺はもう、嬉しさを隠さなかった。

「去年、KING OF STREETに出るって宣言してから本当に叶えちゃったね」

あなたのおかげです。そう言いたかった。

「無事に叶えられて良かったです……実は叶えられたら俺、MARINEさんに言おうと思ってたことがあって」

「何？」

「……」

自分の気持ちを伝えるならいましかない。

「あの……」

「賢太ーーー!!」

後ろから鉄平が抱きついてきた。

「何いい感じになってんだよ～、俺とも乾杯してくれよ」

今日のショウが満足のいくものだったからか、鉄平が初めて見るレベルで機嫌がいい。

「わかったよ。乾杯しよう！　ＭＡＲＩＮＥさんも一緒に」

みんなで乾杯をしたら、伝えられる雰囲気ではなくなってしまった。

ＭＡＲＩＮＥに気づいた周りの客が、次々と彼女に話しかけている。

でも、そんな光景も、今日は許せる気がした。俺たちは、やり切ったのだから。

「賢太！」

名前を呼ばれて振り返ると、そこには力也さんが立っていた。

「え？　力也さん？　力也さんじゃないすか!!　おい鉄平！　力也さんだ!!」

「あーーー、力也さん！　なんでここに⁉」

「PRIMAL IMPACTの名前をフライヤーで見つけてさ、こっそり見に来た」

「えーーー！　めっちゃ嬉しいです！」

力也さんとの再会に俺と鉄平のテンションは最高潮に達した。館山での思い出話から、今日までの道のりを、怒濤のように話した。

「ショウ、本当に良かったよ。あそこまでとは思ってなかった。俺のバンド活動に向けても刺激をもらえた」

「良かったです！　そうだ、力也さん、チームのメンバーを紹介しますね」

大ちゃん、柊に加えて、裕太のことも紹介した。

「あと、めっちゃお世話になってるDJのMARINEさんです！」

MARINEのことを紹介すると、力也さんの動きが止まった。

「マリ？　あれ、マリだよな？」

訊かれたMARINEはじっと力也さんの顔を見て、

「力也⁉　嘘でしょ！　なんでここにいるの⁉」

「え？　知り合いなんですか？」

「ああ、昔のね」

その時、嫌な予感がした。まさか昔、力也さんと付き合ってたとか⁉

「どんな知り合いですか？」

恐る恐る訊くと、

「昔やってたバンドのボーカルと付き合ってたんだよ、マリが。だから当時はしょっちゅう会ってた。な？」

MARINEが頷きながら言う。

「うん、すごい久しぶり」

「賢太にあの日話したじゃん、昔の仲間から3年ぶりぐらいに連絡きたって。そいつのこと」

「えーーー！　そんなことあります⁉　すげー偶然！」

「そう、久しぶりにタカシから連絡あってさ、あいつまたバンドやりたいって、この前会ったんだよ。そしたら昔と全然変わってなかった。相変わらず無茶なことばっか言ってた」

「そっか」

力也さんの話を聞いたMARINEが心なしか嬉しそうに見える。

「え？　ちょ……なんすか？　MARINEさん、めっちゃ嬉しそうじゃないすか⁉」

「そんなことないよ」

「えー、嘘だ！　絶対嬉しそう！」

MARINEの元カレが急に現実のものという実感が湧いて、俺は焦った。鉄平がニヤニヤしながら肩に手を回してきて、小声で言った。

「賢太、残念だったな。ひょっとしたらまだ忘れられないのかも……」

「うっせ！」

鉄平の手を振り解いて、手に持っていたビールを一気に飲み干した。


EDENの閉店がアナウンスされる。

俺たちは名残惜しさを感じながら、外へ出た。狂騒の夜が明け、現実へと戻る。

昨夜は気づかなかったが、EDENのエントランスを出ると、すぐ前に本牧埠頭の岸壁が続いている。俺たちは何の気なしに岸壁を埠頭の先へ向かって歩いた。打ちつける波が、ほのかに潮の香りを運んでくる。

「もうすぐ朝日、昇るんじゃない？」

大ちゃんが言った。時刻は6時45分。確かにもう少しで日の出の時間だ。

EDENの奥には横浜山手の丘が広がっていて、港の見える丘公園の展望台も見える。去年MARINEにKING OF STREETに出ますと宣言した場所だ。目標を達成してまた日の出を見る。悪くない。でも――。MARINEは、TAKUさんたちとまだ店内に残っている。

気づくと裕太が隣を歩いていた。

「賢太、MARINEさんのこと好きなの？」

「え？　そんなこと……あるな」

突然の裕太からの核心をつく質問に隠すという考えも追いつかず、正直に白状した。

「やっぱり？」

「やっぱり。バレバレ」

「うん。いいじゃん、お似合いだよ」

「マジ!?　いけるかな俺？」

「いけるでしょ！」

アメリカ育ちの恋愛に対するポジティブさに背中を押された。

「あー、裕太に言われてちょっと勇気出た」

「何が何が？」

大ちゃんが匂いを嗅ぎつけてやってくる。

「なんでもないよ」

「嘘だね！　絶対なんか面白そうな話してた！」

ハイエナたちに嗅ぎつけられるとうまくいく話もうまくいかなくなる。

俺は一目散に走り始めた。

「あ！　待てよ賢太！　鉄平、柊、確保だ!!」

水平線から朝日が昇り始めた。

夜を徹して酷使した身体は決して軽くはないが、気持ちだけは軽やかに上を向いていた。

呼吸をするたびに、12月の冷たい空気が喉の奥に沁みてくる。

だが、今日は不思議とその痛みが嫌ではない。自分の「生」を実感する。

朝日が次第に強くなり、眩しく目に突き刺さる。

一日の始まりであり、俺の、俺たちの新たな物語の始まりだ。

今日この朝日に誓おう。絶対に諦めない。思い描いた夢を必ず叶える。

ひとりじゃない。仲間がいる。


後ろを振り返ると、大ちゃん、鉄平、柊が叫びながら追いかけてきていた。

裕太がそれを笑いながら眺めている。

このままこいつらとどこまでもいきたい。

身体を吹き抜ける風が強くなった。

夜通し浴びていた人工的な光の余韻が太陽の光によって優しく消し去られる。
一歩踏み出すたびに俺たちの気持ちはどこまでも青く純粋になっていく。
気づくと、3人が隣まで来ていた。
未来への希望を抱きながら、俺たちは走る速度を上げた。

本書は書き下ろし作品です。

橘ケンチ（たちばな・けんち）

1979年、神奈川県生まれ。EXILE及びEXILE THE SECONDのパフォーマー。読書家で知られ、「本の多様な価値観をたくさんの人と共有したい」と2017年、EXILE mobile内に「たちばな書店」を設立。また、19年に舞台『魍魎の匣』主演、23年には明治座ミュージカル『チェーザレ 破壊の創造者』に出演するなど役者としても活躍。ライフワークとして日本酒の魅力を発信する活動も精力的に行い、新政酒造との『亜麻猫橘』を皮切りに、様々な注目蔵と多数のコラボ作品も発表。23年1月には、500本超をテイスティングしたレビューをはじめ日本酒の世界を網羅した書籍『橘ケンチの日本酒最強バイブル』も刊行。18年に13代酒サムライ、21年に福井市食のPR大使に就任。

---

パーマネント・ブルー

二〇二三年二月十日　第一刷発行

著者　橘《たちばな》 ケンチ
発行者　花田朋子
発行所　株式会社 文藝春秋
〒一〇二―八〇〇八
東京都千代田区紀尾井町三―二三
☎〇三―三二六五―一二一一

印刷　萩原印刷
製本　萩原印刷


ISBN978-4-16-391655-2